Meurtres en Gévaudan

Et si la bête était de retour ?

Florence Metge

Meurtres en Gévaudan

Et si la bête était de retour ?

Roman

© Florence Metge 2022

Édition : BoD – Books on Demand, info@bod.fr
Impression : BoD – Books on Demand, In de Tarpen 42,
Norderstedt (Allemagne)
Impression à la demande

Photo : Florence Metge. Couverture : Camille Léonard / Fyctia

ISBN: 978-2-3221-8847-5
Dépôt légal : juin 2022

À Mélanie, Pierre et Romain

Florence Metge

Le Club des cinq, Alice, Miss Marple et le capitaine Nemo sont les héros des lectures d'enfance de Florence Metge. Sa passion pour l'écriture a guidé ses choix professionnels et l'a menée dans le monde de la communication scientifique.

L'aventure littéraire commence pour elle par la publication de ses nouvelles dans une dizaine de recueils. L'histoire et la géographie tiennent une place importante dans ses récits auxquels elle aime ajouter un zeste de romance.

Les deux premiers romans de Florence Metge évoquent l'histoire de la bête du Gévaudan que l'auteur a longuement étudiée. Ses ancêtres vivaient en Gévaudan et en Auvergne au moment des faits. Au cours de ses recherches généalogiques, elle a découvert des archives traitant de cette affaire ainsi qu'un lointain cousin du nom de Jean Chastel, l'homme qui passe pour avoir tué la bête.

Alors que « Du Gévaudan à Versailles : l'emprise de la bête » plonge le lecteur au XVIIIe siècle sous le règne de Louis XV, « Meurtres en Gévaudan » revisite la mystérieuse affaire à notre époque.

« Le temps brise et disperse la réalité, ce qui reste devient mythe et légende. »

Nuto Revelli

« Le véritable obscurantisme ne consiste pas à s'opposer à la propagation des idées vraies, claires et utiles, mais à en répandre de fausses. »

Johann Wolfgang Goethe

« L'histoire de la bête du Gévaudan n'est pas un conte, il n'est pas douteux que de très nombreuses personnes, une centaine environ, n'aient été dévorées en Gévaudan, pendant les années 1764, 1765, 1766 et 1767, par des bêtes féroces dont la croyance populaire a fait une seule et unique bête : la bête du Gévaudan. »

Jean-Augustin Dalle, instituteur à Aumont, « La bête du Gévaudan », 1911

« La bête du Gévaudan aura eu au moins cet avantage d'avoir rendu célèbre le nom d'une de nos plus belles provinces… Et ceux qui, las des lieux encombrés, prendront leurs vacances en Haute-Loire ou en Lozère où l'air est si pur, lorsqu'ils iront cueillir des airelles, des mûres, des framboises sauvages ou des noisettes dans les bois, entendront peut-être au loin le hurlement de la bête mangeuse d'enfants qui vivait au temps des Rois de France.

Qui sait si elle n'existe pas encore ? »

Robert Sabatier

PRÉFACE

L'affaire de la bête du Gévaudan constitue probablement le premier fait divers de l'histoire de France. De 1764 à 1767, une bête féroce tua et dévora une centaine de personnes, surtout des femmes et des enfants, dans la province du Gévaudan qui correspond à peu près à la Lozère actuelle. Elle en agressa et blessa aussi plus de cent cinquante autres. La province fut plongée dans l'effroi pendant trois longues années. Si les attaques de loups sur l'homme étaient loin d'être un phénomène rare, celles qui frappèrent le Gévaudan s'en démarquèrent par l'emballement de la presse de l'époque et l'abondance de documents (correspondance administrative, relations officielles ou privées, registres paroissiaux...). Dès le XVIIIe siècle, les épisodes sanglants et mystérieux du Gévaudan firent couler beaucoup d'encre.

La terreur de la population obligea les autorités locales et régionales à prendre des mesures pour se débarrasser de ce fléau : pièges, battues, prières... La bête du Gévaudan devint en quelques mois une affaire d'État. Ridiculisé par les gazettes, le roi Louis XV finit par envoyer son porte-arquebuse en Gévaudan. Environ deux cents loups furent tués dans la province. De cette bête, il ne reste rien aujourd'hui, d'où une interrogation persistante sur sa vraie nature. Que fut la bête : un châtiment divin, un loup, un animal hybride ou exotique, un loup-garou, un animal dressé pour tuer, un sadique ?

PROLOGUE

L'embrasement. Saint-Chély-d'Apcher, samedi 24 juin 2017

Le 19 juin 1767, Jean Chastel mit fin à trois années d'attaques atroces. Armé de son fusil de chasse, il attendit que la bête du Gévaudan se montre et l'abattit d'un seul coup de feu. Si aucune nouvelle victime ne fut recensée depuis ce jour, la vraie nature de cette bête demeure mystérieuse. Son ombre plane toujours sur les territoires de la Lozère et de la Haute-Loire, départements du sud de la France qui correspondent à l'ancienne province du Gévaudan.

En ce début d'été 2017, Chloé Bouquet se joint à une dizaine d'autres bénévoles pour apposer la touche finale à une performance conçue par Loul Combres, un artiste céramiste reconnu. L'œuvre d'argile de six mètres de haut, intitulée « Le livre et la bête », personnifie l'enfer qu'a représenté cette mystérieuse créature pour les habitants de la région. Bien qu'aujourd'hui, la bête émerge d'un livre, elle utilise la peur comme emblème. Selon Loul Combres, ce livre représente la force populaire qui mange le monstre.

Les habitants de Saint-Chély-d'Apcher, sûrement moins sensibles à cette profondeur artistique, s'amusent de la folie que suscite l'inauguration de la sculpture dans le parc du Péchaud. Le point culminant du quatorzième festival de Saint-Chély d'Arte est le grand feu allumé à la nuit tombée. Les organisateurs enflamment plusieurs palissades qui entourent le monstre d'argile. Le public assiste, médusé, à l'embrasement de la monumentale bête du Gévaudan. Par la magie du feu, la terre se transforme et devient une véritable œuvre d'art.

Les festivités se poursuivent jusque tard dans la nuit alors que la sculpture finit de cuire de l'intérieur, à plus de 850°C. Chloé s'est portée volontaire pour rester jusqu'à la fin. Elle aime le spectacle des flammes de cette cuisson impressionnante. Vers cinq heures du matin, l'endroit est désormais désert. Les derniers bénévoles quittent les lieux. Alors que ses deux amis s'éloignent vers le centre-ville, Chloé prend la direction opposée pour rejoindre le parking de la piscine où elle s'est garée. Dans l'obscurité, elle ne voit pas émerger d'une allée perpendiculaire un individu suivi d'un grand chien.

Deux heures plus tard, un joggeur trouve le corps à moitié nu atrocement mutilé de Chloé, au pied de la statue de la bête du Gévaudan. Une angoisse sourde commence à envahir la petite ville de Saint-Chély-d'Apcher. Cette découverte macabre vient de raviver les fantômes d'un passé sanglant.

1. LA VALLÉE DE L'ENFER

Mercredi 11 avril 2018

« L'enfer est tout entier dans ce mot : solitude. »
Victor Hugo

À l'aube, Faustine Dalle quitte la région parisienne dans sa petite citadine rouge. Prendre le volant pour effectuer plus de 500 kilomètres est une expérience vraiment déroutante et inhabituelle pour elle. Cela relève presque de l'exploit car conduire ne lui semble tout simplement pas naturel. Depuis qu'elle travaille au quartier d'affaires de La Défense, elle peut compter sur ses doigts le nombre de fois où elle a pris sa voiture. Elle avait même envisagé de la vendre.

Sur la N118 encombrée de véhicules, Faustine se demande comment tous ces banlieusards, immergés dans les gaz d'échappement, peuvent supporter ce supplice chaque jour. Une heure plus tard, elle se retrouve enfin sur l'autoroute, direction plein sud. Bientôt, les abords de la bande d'arrêt d'urgence deviennent plus plaisants : enfin la campagne ! Plus elle voit de verdure autour d'elle, plus elle se détend.

Pendant le trajet, ses pensées s'envolent malgré elle. Faustine peine à écarter cette angoisse qui la ronge depuis plusieurs jours : a-t-elle fait le bon choix ? La veille, elle a entassé des cartons et des sacs dans le coffre de son véhicule. Son but ? Tout quitter, appartement, travail et amis, pour s'installer seule en Lozère afin d'y exploiter des chambres d'hôtes et écrire son premier roman. Un projet ambitieux dont elle commence a douté de la viabilité...

Pour atteindre la Lozère, il faut avaler des centaines de kilomètres de bitume. En fin de matinée, Faustine aperçoit à l'horizon la chaîne des Puys constituée d'environ 80 volcans s'étirant sur une quarantaine de kilomètres. Après le passage sinueux des environs d'Issoire, elle atteint enfin la région montagneuse et ses paysages grandioses. Elle monte peu à peu pour arriver à environ 1 000 mètres d'altitude. C'est seulement après plus de six heures de trajet que Faustine aperçoit enfin les panneaux annonçant l'entrée simultanée en Occitanie et dans le département de la Lozère. Elle roule encore une demi-heure et franchit le col des Issartets, un point culminant à 1 121 mètres d'altitude. Elle a entendu dire que l'A75 est l'une des autoroutes les plus hautes d'Europe. Faustine est presque arrivée ! La sortie suivante la mène au parc des Loups du Gévaudan, situé à dix kilomètres avant la ville de Marvejols. Elle longe le parc animalier, continue quelques centaines de mètres et aperçoit enfin la grande croix de granit qui trône à l'entrée de Sainte-Lucie. Après avoir traversé le hameau, Faustine s'arrête au niveau de l'une des dernières maisons. Elle coupe enfin le moteur et lève les yeux. Elle retrouve les pins sylvestres, le portail et, derrière, la maison en pierre. Rien n'a changé. C'est comme si le temps s'était arrêté sur Sainte-Lucie.

Aujourd'hui, Faustine change de vie. À vingt-cinq ans, elle est célibataire. Sa seule expérience de vie en couple a été avec Julian qu'elle avait rencontré lorsqu'ils étaient tous les deux étudiants. Au début, elle avait cru avoir tout en commun avec lui. Malheureusement, la réalité s'était montrée brutalement peu romantique en raison de l'incompatibilité de leurs emplois du temps et de leurs priorités. Son compagnon estimait que ses études de médecine devaient passer avant le reste et l'avait laissée s'occuper seule de toutes les corvées domestiques. Il reprochait souvent à Faustine ses choix professionnels et son manque d'ambition. Ce qu'il y avait de passion entre eux s'était très vite évaporé, si bien que c'est avec une certaine indifférence qu'ils s'étaient séparés au bout d'à peine un an de vie commune. Faustine conserve encore de cette expérience un grand sentiment d'amertume. Depuis, elle apprécie son indépendance même si la solitude lui pèse parfois.

Diplômée d'une école de communication, Faustine a occupé, jusqu'à la semaine dernière, un poste de webmaster dans une grande entreprise du quartier d'affaires de La Défense. Une heure de RER et de métro le matin, du lundi au vendredi, et encore une heure le soir. Comme de nombreux banlieusards, elle s'est épuisée dans une course quotidienne.

Au bureau, elle a jeté son dévolu sur Adrien, son responsable hiérarchique dont elle était secrètement amoureuse. Elle voulait être pour lui davantage qu'une collaboratrice consciencieuse. Mais il y avait un problème de taille : l'homme était marié et, de toute évidence, n'envisageait pas de quitter sa femme. Cependant, il pratiquait avec Faustine un jeu de la séduction sans aucun contact physique. Pas de baiser, pas de sexe : juste une relation ambiguë et une tendre complicité. Les deux collègues partageaient de fréquentes pauses café et échangeaient des textos un peu malicieux. Si cette relation réchauffait l'ego d'Adrien et le rassurait sur sa capacité à séduire, Faustine, qui a longtemps espéré voir cette relation évoluer, commençait à se lasser et à déprimer. Elle considérait que sa vie sentimentale était dans une impasse.

Professionnellement, ça n'allait pas mieux. Faustine s'était tellement investie dans son travail qu'elle n'avait quasiment pas de vie sociale. Bosseuse acharnée et très consciencieuse, elle constatait de jour en jour que le plaisir n'était plus le même, perverti par un environnement où le côté humain s'effaçait souvent devant des aspects financiers. Elle ne supportait plus la vie de bureau, son hypocrisie, ses jalousies, la compétition sournoise entre collègues ainsi que les pots organisés par la direction qui n'étaient que des stratégies de convivialité visant à éteindre tout esprit critique chez les salariés.

À la mort de ses parents l'année dernière, Faustine s'est retrouvée sans famille, sans attache. Une phrase de son père mourant a provoqué chez elle un questionnement existentiel. Il lui a déclaré que, s'il lui était possible de revivre une seconde fois, il ne changerait absolument rien. Tout d'un coup, Faustine s'est interrogée sans renier ses choix passés et a constaté qu'elle avait pu passer parfois à côté de l'essentiel. Peu à peu, une idée a germé dans sa tête, qui s'est révélée la seule issue à une vie plutôt morne. Plusieurs mois ont été nécessaires pour passer de l'intention à la concrétisation du projet. La jeune femme a fini par prendre la décision de tout quitter pour ouvrir des chambres d'hôtes dans la maison de famille lozérienne et pour se consacrer, en dehors de la période estivale, à l'écriture, sa véritable passion. Aller s'installer dans une région où la nature est encore préservée est un rêve qui se réalise aujourd'hui. Son départ correspond donc à un choix de vie : elle souhaitait opérer une rupture pour retrouver un mode d'existence plus simple. L'hiver dernier, elle est retournée en Lozère, y est restée deux semaines pour examiner la maison en détail, identifier les améliorations à effectuer, planifier des travaux de rénovation et rencontrer des artisans. En l'absence de chauffage dans la demeure, elle a logé à l'hôtel. Au bout de deux jours seulement, elle avait une idée précise de ce qu'elle voulait pour l'aménagement des futures chambres d'hôtes.

Le cœur de Faustine se met soudain à battre plus vite. Sa nouvelle vie commence par une froide journée d'avril dans un hameau perdu. L'environnement n'est que quiétude sauvage : des bois, des prés, une profonde vallée, des chemins de terre… La jeune femme aurait pu se croire au bout du monde si elle ne se savait pas à quelques kilomètres de la civilisation. Faustine s'imagine déjà écrire des romans, inspirée par cette nature grandiose. Il s'agit aussi pour elle d'un retour aux sources. Elle revient dans le lieu où elle a passé toutes ses vacances d'été pendant son enfance et son adolescence : cette vieille maison qu'elle a pourtant désertée depuis plusieurs années.

La Vallée de l'Enfer est vraiment un endroit étonnant, d'une beauté incroyable. Tout autour, la splendeur austère du paysage, hors du temps, hors du monde, invite à la méditation. Faustine a toujours été sensible au charme étrange du lieu. C'est un endroit qui vous attrape et qui ne vous lâche pas. Elle aime cette terre secrète, faite de silence et de murmures, à la fois singulière et envoûtante, calme et reposante. Le hameau de Sainte-Lucie, situé à plus de mille mètres d'altitude, surplombe la vallée abrupte et sauvage de près de quatre cents mètres. L'érosion, au fil du temps, a formé des gorges très profondes. Au fond, coule une rivière, la Crueize. Malgré l'encaissement de la vallée, une route étroite la traverse sur les hauteurs ainsi qu'une ligne de chemin de fer datant du XIXe siècle reliant Béziers et Neussargues, pour laquelle a été nécessaire la construction de l'impressionnant Viaduc de l'Enfer. Les six arches de pierre de ce dernier se découpent sur le fond sombre des bois de pins. La végétation change suivant l'exposition des versants et offre des paysages variés et inoubliables. Des chemins les sillonnent et de nombreux ruisseaux y coulent paisiblement.

Sainte-Lucie est entourée de bois profonds, de landes à genêts, de prairies et de pâturages. C'est aussi une réserve de vie sauvage où s'est installé un élevage de loups en semi-liberté. À quelques kilomètres plus au nord, un chemin menant à Saint-Jacques-de-Compostelle traverse la région. Quand reviennent les beaux jours, de nombreux randonneurs et pèlerins venant du Puy-en-Velay marchent d'Aumont-Aubrac à Nasbinals. L'hiver, ils se font rares car le climat est particulièrement rude : le froid, le vent, la brume, le gel et la neige en découragent plus d'un !

Faustine ne pourrait être dans aucun autre endroit au monde et elle pleurerait presque devant tant de beauté et de quiétude. Elle goûte sa solitude, savourant cette journée et la vue de Sainte-Lucie. Elle descend de voiture pour aller ouvrir le portail. Elle n'a vu personne à proximité. Les maisons du hameau, toutes de granit avec de belles toitures en lauze, semblent inhabitées. La vue du jardin l'émeut et la ravit. Ce moment-là a le parfum de son enfance. La maison apparaît entre les grands arbres, déserte, silencieuse, fermée sur elle-même, perdue dans les ombres et envahie par la végétation. Un timide rayon de soleil effleure la façade ouest. La demeure en pierre semble délaissée mais pas à l'abandon. Elle conserve un aspect chaleureux. Cette maison appartient à la famille de Faustine depuis plusieurs générations. Son arrière-grand-père, le dernier instituteur du hameau, l'a transmise à sa fille qui l'a elle-même léguée à son fils, le père de Faustine.

La jeune femme remonte dans son véhicule et s'engage lentement dans l'allée envahie par les hautes herbes. Elle se gare devant la porte. Quand elle sort, elle ne prend pas le temps d'enfiler son manteau, resté sur le siège passager de sa voiture. Elle attrape juste son sac de voyage.

Un vent froid et sournois oblige Faustine à entrer au plus vite dans la maison. Elle cherche ses clefs, en choisit une avec hésitation et la fait tourner dans la serrure. Un instant, elle hésite à pousser la porte. Quand elle pénètre enfin dans l'ancienne demeure, une odeur de peinture lui agresse les narines. Elle imagine son père ou sa mère se précipiter pour l'accueillir mais la maison reste sombre et silencieuse. Maintenant, Faustine doit affronter le vide que ses parents ont laissé. Pourtant, la bâtisse dégage l'impression que quelqu'un vient juste de la quitter. Faustine fait quelques pas dans l'entrée, referme la porte derrière elle, laissant ses yeux s'habituer à l'obscurité et frissonnant sous l'effet du froid. C'est plus fort qu'elle : elle s'attend à tout moment à voir surgir d'une pièce un membre de sa famille. Mais la demeure reste désespérément vide. La jeune femme pose son sac, traverse le couloir et entre dans la vaste pièce à vivre. Elle ouvre les volets en bois de la grande fenêtre donnant sur la terrasse, faisant entrer la lumière dans la salle obscure. Puis, elle revient sur ses pas, se dirige vers le compteur électrique pour remettre le courant et ouvre les autres volets du rez-de-chaussée. Malgré la fraîcheur, elle laisse deux fenêtres ouvertes pour aérer les pièces qui viennent d'être repeintes.

Penchée sur le rebord d'une fenêtre, face à ce paysage familier et aimé, les pensées mélancoliques de Faustine viennent l'assaillir, la laissant triste et désemparée. Les larmes au bord des yeux, elle monte l'escalier en bois. À l'étage, les odeurs de peinture sont encore plus fortes. Elle hésite devant une porte. Les doigts sur la poignée, elle prend une grande inspiration et entre dans la pièce qui est vide. Elle ne reconnaît pas son ancienne chambre ; la pièce a été entièrement refaite et lui paraît plus grande que dans son souvenir. Cela fait cinq ou six ans qu'elle n'y a pas dormi. Depuis la fenêtre, le panorama unique qui s'étend à perte de vue l'émerveille. Le paysage lui paraît toujours aussi magique, ensorcelant. C'est une vision paradisiaque qu'elle redécouvre. Elle regarde encore et encore, sans jamais se lasser des vastes horizons perdus. La vue qui s'étend devant elle est d'une beauté si prenante qu'elle sait avec certitude que cet instant restera à jamais gravé dans sa mémoire. Devant ce paysage familier, elle ressent immédiatement une sensation d'apaisement intérieur qui ne va malheureusement pas durer longtemps.

Faustine redécouvre une pièce où elle a beaucoup lu pendant son adolescence. Tous les livres qui étaient dans la bibliothèque reposent désormais dans des cartons entreposés dans le garage. C'est aussi dans cette chambre, lors de ces longs étés passés avec ses parents, qu'elle a commencé à écrire. Elle retourne au rez-de-chaussée, prend son sac et se dirige vers sa nouvelle chambre qui lui semble petite et sombre par rapport à celles, entièrement rénovées, de l'étage. Une odeur de renfermé indispose la jeune femme. Faustine n'a jamais dormi dans cette pièce et ne s'y sent pas à l'aise. Elle ouvre la fenêtre pour aérer. Comme le salon, sa chambre donne sur la Vallée de l'Enfer. Elle est enchantée par la vue. Elle décide d'enlever les vieux rideaux à fleurs qu'elle déteste puis retourne dans le salon.

Faustine, seule héritière de la maison aujourd'hui, a souhaité lui redonner de la vie et du charme. Quand elle est revenue dans la demeure, cet hiver, elle a découvert un intérieur qui avait manqué d'entretien et de soin. Ses parents, malades, n'avaient pas pu s'en occuper ces dernières années. La décoration datait des années quatre-vingt et la couleur marron dominait. Faustine a donc sollicité des artisans qui ont travaillé à l'embellissement des lieux. Le papier peint à motifs floraux qui recouvrait les murs depuis une quarantaine d'années a été décollé et remplacé par de la peinture blanche. À l'étage, la salle de bain et deux chambres ont été rénovées. Une salle d'eau a été créée dans l'une d'elles. Au-dessus, sous le toit, le grenier a été aménagé en une vaste chambre comprenant une salle de bain. Ce sont ces trois pièces qui accueilleront vacanciers et randonneurs l'été prochain. La jeune femme a trouvé un engagement sans faille de la part des artisans locaux : le maçon, le peintre, l'électricien, le plombier et le cuisiniste ont respecté les délais. C'est plutôt rare.

Les chambres d'hôtes devraient pouvoir être prêtes au mois de juillet comme prévu. La jeune femme s'en félicite. Partir au vert pour exploiter un hébergement touristique est un projet qui l'a fait rêver pendant ces derniers mois. Elle a pu tenir grâce à cette idée. Faire construire une piscine dans le jardin derrière la maison, près de la terrasse, est la dernière étape. Cet espace de détente disposera d'une vue imprenable sur la Vallée de l'Enfer et devrait constituer un atout supplémentaire pour attirer les vacanciers.

Faustine va récupérer son manteau et entreprend de faire le tour du terrain. Elle est persuadée qu'elle sera heureuse ici. Elle fera du lieu son domaine, l'arrangera à son goût. Le jardin a été trop longtemps négligé. Des genêts et des herbes hautes l'ont envahi. Il faudra du temps et des efforts pour lui redonner toute sa splendeur. La jeune femme sort du garage une table et des chaises en bois qu'elle installe sur la terrasse, à l'arrière de la maison. Cependant, le vent froid qui lui gifle le visage l'incite à rentrer plus tôt qu'elle ne l'aurait souhaité.

Son ventre se met à gargouiller. Faustine n'a presque rien mangé de la journée. Elle prend le paquet de pâtes qu'elle a apporté dans ses bagages, se rend dans la cuisine et remplit une casserole d'eau. Un quart d'heure plus tard, elle avale son assiette de spaghetti, épuisée et désorientée par le voyage. Ensuite, une légère nausée l'indispose. Après un coup d'œil au réfrigérateur vide, Faustine regrette de ne pas avoir fait un détour par le supermarché. Mais elle avait tellement hâte d'arriver à destination qu'elle n'a pas eu le courage de se coltiner la corvée des courses. Elle devra impérativement le faire demain. Après avoir mis son assiette et ses couverts au lave-vaisselle, elle s'installe dans le salon. La pièce est froide et mal éclairée : il faudra impérativement changer les luminaires. Malgré le manque de luminosité, elle remarque des taches sur le tapis. Si elle ne parvient pas à les faire partir, elle devra s'en séparer. Un coup d'œil dans le miroir accroché près de la porte lui révèle sa mauvaise mine : son teint est pâle et ses grands yeux noisette sont marqués par la fatigue et soulignés par des cernes.

Faustine se dirige vers le canapé en skaï de couleur crème et se penche pour remettre les coussins en place. Soudain, quelque chose attire son attention. Il s'agit d'un objet qu'elle n'a jamais vu et qui ne devrait pas se trouver là : un collier de femme en argent. Elle l'examine de près : le bijou a conservé tout son éclat mais le fermoir mousqueton est abîmé. La propriétaire a dû le perdre. À sa connaissance, aucune femme n'est pourtant venue ici depuis deux ans à part elle. Les seules personnes qui sont entrées dans la maison sont les artisans qui ont effectué des travaux cet hiver. Uniquement des hommes. À qui ce collier peut-il appartenir alors ?

Il est déjà plus de minuit. Même si elle est debout depuis six heures du matin, Faustine n'a aucune envie d'aller se coucher. C'est à contrecœur qu'elle rentre dans son lit glacial. Mais elle ne parvient pas à trouver le sommeil. Le déménagement puis la route ont été à la fois des sources d'angoisse et d'excitation. Il fait très froid dans la maison qui n'a pas été habitée depuis plus de deux ans. Faustine n'a pas réussi à mettre en route la chaudière. Nerveuse, elle se lève et va vider les cartons qu'elle a apportés pour se changer les idées. Le reste de ses affaires et ses meubles arriveront le lendemain dans un camion de déménagement. La jeune femme finit par aller se recoucher. Elle empile plusieurs couvertures sur elle.

Alors qu'elle cherche désespérément le sommeil, Faustine entend des bruits et des craquements à l'étage comme si quelqu'un marchait sur le parquet. Les souvenirs d'enfance remontent soudain. C'est d'un coup comme si le passé était autour d'elle à l'état de présence, comme si l'esprit du lieu était avec elle. Elle reprend possession de ses souvenirs. Décidément, l'atmosphère de cet endroit a toujours eu quelque chose d'inquiétant et elle se demande si elle a bien fait de venir s'installer toute seule ici. Déjà, quand elle était enfant, elle était terrorisée par les craquements du plancher de la maison ancienne. Le soir, dans son lit, elle s'enfouissait sous les draps et désespérait de ne pas pouvoir s'endormir tout de suite. Faustine était persuadée que la maison était hantée. La véritable mort n'est-elle pas l'oubli ? Elle pensait connaître le fantôme qui circulait la nuit. C'était un membre de sa famille. Dans les années 1950, une grand-tante, âgée de trente-deux ans, était morte dans la maison alors qu'elle y séjournait seule. Elle était tombée dans l'escalier un soir. Une chute mortelle. On ne l'avait retrouvée que plusieurs jours plus tard. Les circonstances de ce décès brutal sont demeurées inconnues. L'événement avait représenté un choc pour toute la famille. Mais, maintenant, Faustine ne peut plus quitter Sainte-Lucie. Elle ne peut pas se permettre de changer d'avis. Elle a démissionné de son emploi et investi une partie de ses économies dans la rénovation de la maison.

« Il n'y a personne à l'étage, se dit-elle pour se raisonner. Tu n'as aucune raison d'avoir peur, Faustine. C'est juste ton imagination qui te joue des tours... Comment pourrai-je donner envie aux touristes de dormir chez moi si j'en suis moi-même incapable ? »

La jeune femme se demande si l'isolement de la maison est responsable de ses peurs. Le silence est de nouveau perturbé par les grincements et les craquements de l'ancienne bâtisse. Un tourbillon de pensées et de sentiments contradictoires se bousculent dans sa tête. Dans le noir, elle tâtonne à la recherche de son smartphone pour regarder l'heure : deux heures du matin. Elle sent son pouls s'emballer et ses peurs enfantines la tourmentent. Elle s'efforce d'ignorer les bruits mais elle finit par allumer la lumière et tendre un bras vers la table de chevet. Elle attrape le livre qu'elle a apporté. Il a pour sujet l'histoire de la bête du Gévaudan. Faustine a pour projet d'écrire un roman basé sur cette affaire énigmatique. Cependant, sa connaissance des événements qui y sont rattachés demeure superficielle et insuffisante. Elle a donc acquis cet ouvrage pour en savoir plus. Curieuse de ce qu'elle va pouvoir découvrir, elle commence sa lecture.

2. AGRESSION

Saint-Étienne-de-Lugdarès, 30 juin 1764

Jeanne Boulet s'habilla dans la chambre où s'entassaient plusieurs lits, une armoire et un coffre. Âgée de quatorze ans, elle partageait cette pièce avec ses quatre frères et sœurs, sa grand-mère et deux tantes célibataires. Ils dormaient tous les uns à côté des autres, à plusieurs par lit. La pièce était située à l'étage, au-dessus de la cuisine. La jeune fille descendit un escalier très raide qui la menait dans la salle commune où se trouvait le lit clos de ses parents. Dix personnes de la famille habitaient dans cette maison en pierre à l'aspect massif et austère. Le bâtiment se fondait parfaitement dans le paysage parsemé de blocs granitiques. L'intérieur était peu confortable. Il était sombre en raison des petites fenêtres et du noir de fumée qui avait recouvert les murs et le plafond au fil du temps. Sur le sol, la terre battue avait été remplacée à certains endroits par de grandes dalles de granit rectangulaires. Une immense cheminée trônait sur un côté de la pièce. On pouvait facilement installer plusieurs chaises autour de l'âtre. Cet endroit était particulièrement apprécié pendant les hivers très rudes. La maison avait été bâtie par les ancêtres de la jeune fille, des paysans.

Jeanne trouva l'une de ses tantes dans la souillarde, une sorte de cuisine située à côté de la salle commune. La femme, âgée d'une trentaine d'années, lavait de la vaisselle dans un bac de pierre où de l'eau s'écoulait vers l'extérieur. La maison se prolongeait par une étable surmontée d'une grange où se trouvaient les bêtes et le fourrage. L'hiver, la porte qui la séparait de la cuisine restait ouverte afin de récupérer la chaleur des animaux. Jeanne échangea quelques mots avec sa tante et prit plusieurs morceaux de pain et du lard dans un sac. Elle se rendit à l'étable qui abritait deux bœufs, trois vaches et dix moutons.

Il était tôt mais la chaleur était déjà accablante. Jeanne quitta l'étable et traversa, avec ses bêtes, le village des Hubacs. Celui-ci était situé près de Langogne, aux confins du Gévaudan et du Vivarais. La jeune fille menait trois vaches au pré. Depuis l'âge de six ans, elle se voyait confier la garde des animaux, comme beaucoup de garçons et de filles de son âge dans la région. Elle emprunta un chemin cabossé. Le soleil tapait fort ; elle sentait des picotements sur sa peau blanche. L'adolescente longea ensuite un sentier et les bêtes arrachèrent au passage quelques touffes d'herbe. Les pâturages étaient morcelés, éloignés les uns des autres, entrecoupés de bois et séparés par des chemins. Jeanne marcha une trentaine de minutes pour se rendre au pré de son père. L'endroit était isolé du village par des bois. Elle devait y rester toute la journée.

Quand elle restait au pré, Jeanne expérimentait la solitude et la peur. Sa tâche consistait à veiller à ce que les bêtes ne s'égarent pas et n'empiètent pas sur les terres des voisins. Elle ne devait surtout pas s'endormir ou être distraite. Ses parents lui avaient interdit de retrouver les jeunes de son âge qui gardaient des animaux dans les prés voisins. À la moindre négligence, Jeanne savait qu'elle serait sévèrement punie par son père. Alors, pour s'occuper, elle filait la laine. Aujourd'hui, il n'y avait personne dans les prés environnants. Jeanne était complètement seule. À ces moments-là, la peur ne la quittait pas. D'une part, il y avait les loups qui pouvaient s'aventurer hors des bois, même l'été. D'autre part, des vagabonds rodaient autour des villages. Les viols de jeunes filles n'étaient pas rares.

Dans l'après-midi, Jeanne entendit soudain un bruit derrière elle. Elle n'eut pas le temps de se retourner. Une morsure dans la nuque lui causa une douleur intense. Elle perdit rapidement connaissance.

Le corps inanimé de Jeanne fut découvert à la nuit tombante. Son père, qui s'inquiétait de ne pas la voir rentrer, s'était rendu au pré. Il trouva sa fille allongée sur le dos, recouverte de sang. Ses cuisses avaient été rongées jusqu'à l'os à certains endroits. Son ventre, transpercé, laissait sortir ses entrailles. La peau de son visage était arrachée. Le lendemain, sur le registre paroissial des décès de Saint-Étienne-de-Lugdarès, le curé consigna qu'une fillette de quatorze ans, Jeanne Boulet, avait été « tuée par une bête féroce ». Il s'agissait de la première victime déclarée de la bête du Gévaudan. Jeanne fut enterrée « sans sacrements », n'ayant pu se confesser avant sa mort.

3. TENTATION

Jeudi 12 avril 2018

« Le seul moyen de se délivrer d'une tentation, c'est d'y céder. Résistez et votre âme se rend malade à force de languir ce qu'elle s'interdit. »
Oscar Wilde

Faustine se réveille alors que les premières lueurs de l'aube percent l'obscurité recouvrant la Vallée de l'Enfer. La lumière pâle dissipe peu à peu les ténèbres de sa chambre. Elle regarde la faible clarté du matin se répandre dans la maison. Elle n'a quasiment pas fermé l'œil de la nuit. Mais elle ne se sent pas épuisée. Le contrecoup de la fatigue viendra plus tard. En revanche, elle a mal partout. Cette nuit, Faustine a été harcelée par des cauchemars. Dans ses songes, elle se souvient d'avoir été poursuivie par des fantômes dans des paysages lunaires. Elle courait, terrorisée. Ce mauvais rêve la laisse maintenant désemparée. Néanmoins, elle sait que sa lecture de l'histoire de la bête, avec tous ses crimes, n'y est pas étrangère. L'enthousiasme et l'espoir de la veille l'ont quittée. Maintenant, elle a froid. Faustine est tellement frigorifiée qu'elle enfile son manteau. Elle se rappelle que les radiateurs ne fonctionnent pas.

La jeune femme se dirige vers la salle d'eau mais elle renonce aussitôt à prendre une douche se rappelant que l'eau est froide, voire glacée. Il faut absolument que quelqu'un s'occupe de cette foutue chaudière. Elle appellera le chauffagiste dans la matinée mais il faut aussi qu'elle aille faire des courses. Elle est épuisée et n'a envie de rien faire. Elle commence à avoir mal à la tête. Abattue, Faustine se prépare un café. Les larmes lui montent aux yeux. Le doute s'immisce dans ses choix. Pourquoi est-elle venue s'installer seule dans cet endroit perdu ? Elle n'a encore vu personne dans les maisons voisines. La solitude lui pèse déjà. Elle déguste son café brûlant tout en continuant à broyer du noir. Le breuvage la réchauffe et lui apporte un maigre réconfort.

Faustine sort et fait le tour de Sainte-Lucie. Elle ne s'attendait pas à ce que le hameau, livré aux vents depuis la nuit dernière, soit si calme au mois d'avril. Les gîtes loués par le parc des Loups du Gévaudan semblent inoccupés. Seront-ils complets pour la saison touristique, en juillet ? Trois ou quatre autres maisons sont peut-être habitées. Tous les bâtiments, en granit avec de belles toitures en lauze, sont caractéristiques des constructions rurales du Gévaudan au XVIe et XVIIe siècles. À l'entrée du hameau, un peu à l'écart, se trouve une ancienne grange en carène renversée, longue de vingt-cinq mètres environ, dont la charpente en bois descend jusqu'au sol. Aujourd'hui, le bâtiment abrite un restaurant qui ne doit pas être très fréquenté en ce moment. Attenant à cette ancienne grange, se trouve une belle habitation du XVIIe siècle appelée la maison des évêques car elle a appartenu autrefois à deux archevêques. C'est aujourd'hui un gîte. Près du cimetière, se trouve la petite église dédiée à Sainte-Lucie. Un escalier extérieur aux marches de granit conduit à son charmant clocher à deux baies superposées. Éclairée seulement du côté sud, la voûte est un simple lambris. À l'extérieur, le portail s'ouvre sur la nef du côté sud, sous un porche. L'abside à sept pans extérieurs, de style roman, est couronnée de sculptures de têtes d'animaux.

Il ne pleut pas mais le ciel paraît menaçant. Si, officiellement, le printemps est bien là, on pourrait croire que l'hiver a maintenu sa poigne ferme sur la région. Pour sortir, Faustine s'est habillée avec goût comme à son habitude. Elle aime prendre soin de son apparence. Décoiffée par le vent, elle chasse ses longs cheveux bruns de ses yeux noisette. Il faut absolument qu'elle aille chez un coiffeur.

La maison située en face de la sienne semble occupée. Les volets fermés la veille sont maintenant ouverts. Faustine a même entendu une voiture démarrer ce matin. Elle se demande qui peut bien habiter cette maison aujourd'hui. Quand elle était adolescente, elle avait toujours connu les mêmes occupants, un couple de personnes âgées acariâtres et peu sociables.

Alors qu'elle retourne à sa maison, un bruit de moteur la sort brutalement de ses pensées sombres et mélancoliques. Au bout de la route, un petit camion de déménagement arrive. Elle ne s'attendait pas à le voir si tôt. Elle s'empresse d'aller ouvrir le portail afin de faire entrer le véhicule sur son terrain. Deux hommes à la mine patibulaire en sortent. L'un d'eux s'approche d'elle à grands pas.

— Bonjour ! Vous êtes Madame Dalle ?

— Oui, répond Faustine d'une petite voix.

— On les met où vos cartons ?

— Je ne vous attendais pas avant cet après-midi...

— On est parti la veille, à cause des grèves. La Lozère, ce n'est pas la porte à côté... Et, on a eu un peu de mal à vous trouver. Pour ne rien arranger, il fait vraiment froid ici !

Les deux déménageurs bougons vident rapidement leur camion. Ils abandonnent les affaires de Faustine dans le salon et dans la cuisine, posent les quelques meubles aux endroits indiqués par la jeune femme. Moins d'une heure plus tard, ils sont repartis.

Faustine commence à déballer ses cartons. Absorbée par la tâche, elle se demande, au bout d'un long moment, combien de temps a pu s'écouler depuis le départ des deux hommes. Elle commence à avoir faim et réalise soudain qu'il est trop tard pour aller au supermarché. À cette période, ce dernier est fermé à l'heure du déjeuner. Perchée sur son tabouret de bar, elle promène un regard circulaire sur sa cuisine dont le sol est jonché de cartons ouverts contenant de la vaisselle et du petit électroménager. Mais rien à manger... Perdue dans ses pensées, elle sent brusquement une présence devant la fenêtre donnant sur la terrasse.

De larges épaules, des cheveux noirs, un sourire irrésistible, un regard profond : l'homme qui se trouve sur la terrasse est vraiment très séduisant... À sa fenêtre, Faustine se demande d'abord qui peut bien être ce bel inconnu qui lui fait signe. Il lui faut quelques secondes pour identifier Jérémi Teyssandier, le plombier qui a fait des travaux dans sa maison cet hiver. Ça faisait quelques années qu'il travaillait pour ses parents. Si elle ne l'a pas reconnu tout de suite, c'est qu'elle ne l'a rencontré qu'une seule fois, il y a plusieurs mois, pour établir le devis des travaux : installation de trois lavabos, d'un bac de douche, de deux baignoires et de WC. Elle ne se souvenait pas qu'il était aussi attirant. La jeune femme ouvre la porte-fenêtre donnant sur la terrasse pour le faire entrer.

— Bonjour, je viens pour les travaux des salles de bain, déclare Jérémi.

— Bonjour, répond Faustine. Pourquoi n'avez-vous pas sonné à la porte ?

— Votre sonnette ne fonctionne pas ! J'ai frappé à la porte mais vous n'avez pas dû entendre. Alors, j'ai fait le tour de la maison et j'ai tenté ma chance par la terrasse...

— Il vous faut combien de temps pour les travaux ?

— Il me faut la journée, répond Jérémi. Mais ce soir, ça ne sera toujours pas terminé. Il faudra que je revienne encore une fois. J'ignorais que vous étiez déjà ici... Mais j'ai vu les volets ouverts en arrivant. Ainsi que votre voiture. Alors ça y est, vous emménagez pour de bon à Sainte-Lucie ?

— Oui, je suis arrivée hier.

— Bienvenue en Lozère ! Si vous avez besoin d'aide, n'hésitez pas à me solliciter. Votre maison est magnifique maintenant. Le résultat est vraiment époustouflant ! Vous n'aurez aucun mal à trouver des clients pour vos chambres d'hôtes.

— J'espère... Merci. Il me reste encore à faire creuser la piscine.

— Une piscine ? Je ne suis pas sûr que ce soit une bonne idée ici. Le climat ne s'y prête pas vraiment. Et puis, vous avez beaucoup d'arbres sur votre terrain. Où souhaitez-vous l'implanter ?

— Devant la terrasse. C'est le seul endroit assez dégagé et ensoleillé. Pour les chambres d'hôtes, je devrais être prête en juin, si vous avez fini la plomberie avant... Car le peintre devra aussi passer pour la dernière salle de bain...

— J'aurai fini : ne vous inquiétez pas. Vous connaissez bien la région ?

— Oui. J'y ai passé tous mes étés quand j'étais plus jeune. Pour les grandes vacances. Cette maison appartient à ma famille depuis plusieurs générations.

— Je vois. Vous avez encore de la famille ici ?

— Non.

— Des amis alors ?

Faustine est un peu mal à l'aise. Discrète et un peu secrète, elle a l'impression de subir un interrogatoire. Cependant, elle ne se fait pas prier pour répondre à Jérémi, trop contente de pouvoir parler à quelqu'un.

— Pas d'amis non plus, dit-elle. Quand je venais en vacances ici, il n'y avait pas grand monde. J'étais entourée d'adultes, surtout de personnes âgées. Je ne pouvais pas jouer avec des enfants de mon âge ; il n'y en avait pas. Quand mon père était jeune, il n'y avait plus qu'une dizaine d'habitants à Sainte-Lucie. Je suis la dernière représentante des familles qui vivaient ici autrefois. Le hameau a longtemps été à l'abandon, victime de l'exode rural et de son isolement.

— C'est grâce au parc des loups qu'il a pu revivre, commente Jérémi.

— Oui mais les anciens habitants ont été remplacés par des vacanciers de passage, déplore-t-elle. La bergerie s'est métamorphosée en restaurant. L'été, les ruelles du hameau sont envahies par les visiteurs du parc. Sainte-Lucie est devenue un site à touristes !

— Oui, c'est certain mais les maisons ne sont pas tombées en ruine...

— Vous savez combien de maisons sont occupées de façon permanente ici ? demande Faustine.

— SOGELOZ, la société qui gère le parc des loups, a racheté tous les bâtiments de Sainte-Lucie, à l'exception de votre propriété. Elle loue douze gîtes en tout. En plus, deux maisons sont habitées par des salariés du parc et une autre par le gérant du restaurant. C'est bizarre qu'elle n'ait jamais essayé d'acheter votre maison !

— Au contraire, répond Faustine. Mes parents ont subi un véritable harcèlement pendant plus de vingt ans ! Je crois qu'il n'y a pas eu une seule année où on ne leur a pas fait de proposition d'achat. Mais ils n'ont jamais voulu vendre. Ils étaient trop attachés à leur maison et à Sainte-Lucie. En fait, les touristes vont rarement jusqu'au fond du hameau. Ils restent plutôt à l'entrée, au niveau du restaurant et de la vieille église.

— SOGELOZ me confie les travaux de plomberie de tous les logements du hameau, déclare Jérémi. Je m'occupe des réparations aussi. Je ne manque pas de travail ici. C'est pour cette raison que je connais bien l'endroit... Vous avez prévu quelque chose pour ce soir ?

— Non. Pourquoi ?

Faustine se demande en quoi ça peut bien l'intéresser.

— Alors, si vous êtes disponible, on pourrait peut-être dîner ensemble dans un restaurant à Marvejols. Ça vous sortirait un peu de vos cartons. Ça vous dit ?

Faustine sourit. Évidemment que ça la tente ! Son réfrigérateur est complètement vide. Et puis, elle n'a pas envie de passer la soirée seule dans sa maison. Sortir et parler à quelqu'un lui changeront les idées. Elle doit bien admettre qu'elle est un peu déprimée depuis son arrivée.

— Oui, j'accepte avec plaisir, c'est une bonne idée. Les déménageurs sont passés ce matin et je n'ai pas eu le temps d'aller faire des courses. Je suis en plein déballage et rangement.

— Je vais vous faire découvrir l'un des meilleurs restaurants du coin !

Jérémi ne perd pas de temps ! Il la dévore de ses yeux sombres sans cesser de parler. Faustine en est gênée. Et elle hallucine : cet homme sublime s'intéresse-t-il vraiment à elle ? Où est-ce simplement un moyen pour le plombier de soigner sa clientèle ? La jeune femme ne se souvient pas de la dernière fois où un homme a cherché à la séduire. Mais il ne faudrait pas que Jérémi s'imagine qu'elle va passer la nuit avec lui après un seul dîner au restaurant. Elle a toujours préféré faire durer le jeu de la séduction. Elle aime prendre le temps de mieux connaître l'autre et apprécie particulièrement la période où on fait monter le désir avant de passer à l'acte.

— Vous connaissez l'origine du nom de Sainte-Lucie ? demande soudain Jérémi à Faustine.

— Non…

— Dans l'antiquité, du temps des Gaulois, le bois qui domine ce lieu était une sorte de temple de la nature où officiaient des druides. Ensuite, les Romains lui ont donné le nom latin Lucus qui signifie le bois sacré. Lucus est ensuite devenu Sainte Lucie.

— Intéressant… Et savez-vous pourquoi la Vallée de l'Enfer porte ce nom ? Je me suis toujours posé la question.

— Cela proviendrait de l'époque des Gaulois : ils lançaient, du haut du plateau, des cercles de bois enflammés qui dévalaient les pentes et achevaient de se consumer dans le fond de la vallée. C'est cette étrange coutume liée au culte du feu qui aurait donné le nom actuel « Vallée de l'Enfer ».

— C'est la première fois que quelqu'un me donne la signification du nom ! s'exclame Faustine, impressionnée. Je l'ignorais... Vous habitez près d'ici ?

— Pas très loin. À quelques kilomètres plus au nord. Ma maison se trouve au milieu des bois. Mais j'ai grandi à Marvejols où mes parents tiennent toujours un commerce.

— J'aime beaucoup Marvejols ! Bon, je ne vous embête pas plus ! lance Faustine en tournant les talons. Je vous laisse travailler. Et moi, je retourne à mes cartons...

*

— Il va bientôt être dix-neuf heures, annonce Jérémi en descendant l'escalier. Vous êtes prête pour aller au restaurant ?

Entièrement absorbée dans son rangement, Faustine n'a pas vu l'après-midi passer. Elle a parfois entendu Jérémi, affairé dans l'une des salles de bains. Fatiguée, elle n'a pas eu le courage de prendre sa voiture pour aller faire des courses. Et une pluie battante a fini par l'en dissuader. Son réfrigérateur restera vide encore un moment... Elle devra se contenter de son paquet de pâtes.

— Laissez-moi cinq minutes, je vais me changer. Nous prendrons ma voiture : je dois faire le plein.

En fait, il faut un bon quart d'heure à Faustine pour choisir une tenue et pour se maquiller. À 19 h 10, la citadine de Faustine prend la route en direction de Marvejols. Tout au long du trajet, Jérémi parle sans arrêt et plaisante. Au volant, Faustine rit. Ça ne lui était pas arrivé depuis longtemps. Elle a l'impression de revivre. Ce dragueur de Jérémi sait y faire. Et il ne fait pas les choses à moitié : il a choisi l'un des meilleurs restaurants du département. Quand ils entrent dans l'établissement, ils constatent que la salle, au style rustique, est peu remplie : seules trois tables sont déjà occupées. Ils choisissent de s'installer près d'une fenêtre. Faustine admire les belles poutres apparentes au plafond et la grande cheminée en pierre au fond.

— C'est normal qu'il y ait peu de monde, commente Jérémi, remarquant l'étonnement de la jeune femme. On est encore en saison creuse, et puis on est en semaine. Le week-end, c'est souvent complet. On peut se tutoyer ? Ce serait plus simple.

— Oui, évidemment. Tu me disais tout à l'heure que tu connais tout le monde au hameau. Qui sont mes voisins ?

— En face de chez toi, il y a le directeur du parc des Loups du Gévaudan. Il occupe ce poste depuis deux ans environ. À côté de ta maison, il y a un salarié qu'on peut considérer comme le numéro deux du parc. Lui, il y travaille depuis une bonne vingtaine d'années. D'ailleurs, il a été très énervé quand on a nommé l'actuel directeur. Il pensait que le poste lui reviendrait à cause de son ancienneté mais les dirigeants ont préféré recruter quelqu'un de l'extérieur bardé de diplômes et bien plus jeune que lui. Il habite à Sainte-Lucie depuis quelques années avec sa femme qui, elle, travaille à la poste de Marvejols. Ils ont de grands enfants qui ne vivent plus avec eux. Ensuite, il y a le gérant du restaurant qui est arrivé il y a plusieurs années. Contrairement aux autres, il n'est pas un salarié de SOGELOZ ; un contrat le lie avec cette société qui est propriétaire de l'établissement.

— Ils sont comment mes voisins ?

— Que veux-tu dire ?

— Est-ce qu'ils sont sympas ? Je voudrais être en bons termes avec eux. D'autant plus que nous ne sommes pas très nombreux dans le hameau… Il est préférable de bien s'entendre !

— Tu verras surtout des gens de passage, les vacanciers qui louent les gîtes et les visiteurs qui viennent se balader dans le hameau après avoir vu le parc des loups… Les employés du parc, tu ne les verras que le soir et le week-end, ou pendant leurs jours de congés. Le seul qui pourrait te poser des problèmes, c'est Hermabessière, celui qui habite la maison à côté de chez toi.

— Pourquoi ? demande Faustine, intriguée.

— C'est un mec vraiment bizarre… Peut-être un peu alcoolique sur les bords. Je le vois traîner dans les cafés de Marvejols quand il ne travaille pas.

— Je pourrais avoir des problèmes avec lui, tu penses ?

— Méfie-toi. Il y a déjà eu des embrouilles entre le gérant du restaurant et lui. Il a reproché à Tichit d'avoir dragué sa femme.

— Et c'était vrai ?

— Je n'en sais rien, mais ils ont failli en venir aux mains ! Tichit, qui est chasseur, l'aurait même menacé avec son fusil pour le faire sortir de chez lui… En tout cas, Hermabessière est un mauvais coucheur. Il n'est jamais satisfait des réparations que j'effectue chez lui. Il y a toujours quelque chose qui cloche, selon lui. Et j'y vais assez souvent : il ne se passe pas un mois sans qu'il y ait un lavabo bouché ou une fuite d'eau !

Pendant le dîner, la jeune femme ne peut s'empêcher d'admettre que le jeune homme possède une séduction diabolique qu'elle a rarement, voire jamais, rencontrée chez un homme. Son regard profond éveille en elle des fantasmes troublants. À un moment, Faustine regarde par la fenêtre de la salle du restaurant l'étrange statue de bronze qui trône au milieu de la place.

— C'est la bête du Gévaudan, explique Jérémi. Elle a fait entre 80 et 120 victimes. Peut-être plus. On ne sait pas exactement. Tu connais l'histoire ?

— Oui, comme tout le monde ici, j'imagine, répond Faustine. Beaucoup de personnes ont tenté de percer son mystère. Mais on ne sait toujours pas s'il s'agit d'une affaire criminelle ou de banales attaques de loups. Les faits sont incontestables : ils sont attestés par de nombreux documents administratifs et historiques. Dans le cadre de mon projet de chambres d'hôtes, j'ai fait une petite étude de marché sur le tourisme en Lozère. Ici, il est impossible de ne pas évoquer la bête du Gévaudan : elle fait vraiment partie du patrimoine local ! Celle que l'on appelle la bestio en patois se décline en statues, en livres et en bandes dessinées. J'ai même découvert que l'on peut marcher sur ses traces grâce à une carte qui mentionne les sites où elle a commis ses attaques. Une dizaine d'étapes sont présentées, sur plus de trois cents kilomètres. Chacune est accompagnée d'un descriptif historique et de bonnes adresses pour se restaurer ou pour dormir !

— Tu t'intéresses à son histoire alors ? demande Jérémi, stupéfait.

— Mon projet m'a donné envie d'en savoir plus sur la Lozère. Je me suis aperçue que je connaissais mal son passé. En ce moment, je lis un bouquin sur la bête, justement. J'envisage d'écrire un roman tiré de cette affaire. Tout ce qui peut s'y rapporter m'intéresse donc énormément !

— Pour les historiens, il s'agit du premier fait divers, ajoute Jérémi. La presse de l'époque a fortement contribué à installer le mythe. Et de nombreux livres, par la suite, l'ont entretenu. Il existe même plusieurs groupes sur Facebook qui lui sont consacrés ! Depuis 250 ans, la bête occupe constamment les esprits. Tu ne seras ni la première ni la dernière à écrire sur le sujet… Il te faut trouver un angle original. Il n'y a pas d'année où on ne publie pas quelque chose dessus. La province du Gévaudan a été mise sur le devant de la scène internationale et a fait l'actualité à partir de 1764. Et aujourd'hui, la bête a encore de nombreux fans ! C'est assez incroyable !

— Oui, tout se qui touche à cette affaire est vraiment hallucinant, confirme Faustine. Sais-tu si la bête est venue à Sainte-Lucie ?

— Je l'ignore mais elle est certainement passée tout près. Le territoire où elle a sévi était vaste ; il s'étalait jusqu'en bordure de l'Ardèche, de l'Aveyron et du Cantal.

Sans connaître en détails son histoire, Faustine a toujours entendu parler de la bête du Gévaudan quand elle venait en Lozère. Celle-ci représente, depuis les années 1960, un intérêt pour le tourisme. Après le parc des Loups du Gévaudan à Sainte-Lucie, un Musée fantastique de la bête du Gévaudan a été créé à Saugues et une Maison de la bête a été ouverte à Auvers. Une route de la bête a aussi été mise en place entre le Puy-en-Velay et Saint-Chély-d'Apcher. La richesse de l'ancien Gévaudan réside ainsi dans la mémoire des événements liés à la mystérieuse créature. Un peu comme le monstre du Loch Ness en Écosse. La différence c'est que la bête du Gévaudan a bel et bien existé ! Comme les touristes sont de plus en plus avides de culture et d'histoire, la bête est un moyen pour la région d'affirmer son identité. Plusieurs communes de Lozère, comme Marvejols, Aumont-Aubrac, Le Malzieu et Saint-Chély-d'Apcher, lui ont érigé une statue, sur une place ou dans un parc. Aujourd'hui encore, 250 ans après, les événements tragiques continuent d'émouvoir et de passionner le public.

— C'est parce que cette histoire est entourée de mystère qu'elle fascine toujours autant, soupire Faustine. Il s'agit d'une énigme non résolue. Son pouvoir d'attraction est donc intact. À propos de la bête, cette lycéenne retrouvée morte au pied de sa statue, à Saint-Chély, l'été dernier, c'est quand même étrange... Il y a du nouveau sur cet horrible fait divers ?

— L'affaire n'est pas encore résolue, répond Jérémi. La fille avait assisté à la célébration des 250 ans de la mort de la bête. Mais, plus de neuf mois après le drame, les circonstances du décès restent encore floues. La lycéenne était complètement défigurée et méconnaissable, comme si elle avait été dévorée par un animal. L'autopsie a fourni la cause du décès : une hémorragie consécutive à plusieurs morsures aux bras, aux jambes, au cou et la tête. On a même retrouvé des poils de l'animal sur elle. Du coup, beaucoup de gens ici ont dit qu'elle avait été attaquée par la bête du Gévaudan, que celle-ci était revenue !

— On a parlé d'un chien-loup, il me semble...

— Ce n'est pas clair tout ça. Les résultats de l'analyse des prélèvements d'ADN sur le cadavre ont donné lieu à différentes interprétations. Les experts ne sont pas tous d'accord. On a parlé d'un chien avec de l'ADN de loup. Il paraît que certaines races en possèdent plus que d'autres. On a aussi évoqué un canidé hybride issu de l'accouplement entre un chien et un loup. Les gens en ont donc conclu que la fille aurait pu être attaquée par un loup. Car ce dernier est revenu en Lozère depuis 2011. Il vient d'Italie et des Alpes. Cela arrangerait beaucoup de monde ici qu'on mette la mort de cette lycéenne sur le compte des loups. Comme ça, les éleveurs et les bergers obtiendraient qu'on puisse les abattre. Les analyses scientifiques sont toujours en cours car les gendarmes continuent d'effectuer des prélèvements génétiques sur les chiens errants ou suspects de la région. Ils espèrent pouvoir identifier l'animal coupable. Du coup, les propriétaires de chien du coin ne laissent plus leur animal sortir sans être tenu en laisse ! Ils craignent que les prélèvements d'ADN soient étendus à tous les clébards.

— Quelles sont les raisons qui auraient pu pousser un chien ou un chien-loup à tuer un être humain ? demande Faustine.

— Il y a la rage évidemment mais ce n'est pas le cas ici. Selon les spécialistes du comportement canin, le chien n'est pas agressif par essence, il l'est par réaction. Soit un chien est conditionné par le dressage. Dès lors, il suffit d'un ordre externe pour venir provoquer l'attaque. Soit l'individu attaqué a eu peur et a pris la fuite. Ce mouvement peut déclencher un comportement de prédation. Le réflexe du chien est d'arrêter sa proie.

— Il existe aussi des races de chiens plus dangereuses que d'autres, ajoute Faustine.

— Je ne pense pas que la race soit un facteur de dangerosité. C'est l'utilisation que le maître fait de son chien et l'éducation qu'il lui donne qui sont plutôt en cause.

— C'est la seule victime de ce chien ? Il n'y a pas eu d'autres attaques, ensuite, dans la région ?

— Non, pas à ma connaissance.

— Et les loups ?

— Les attaques de loups prédateurs ou enragés ont bien existé mais ils constituaient une minorité. Autrefois, les loups étaient très nombreux ; il y en avait dans tous les territoires où il y avait des forêts. La peur du loup a donc imprégné la culture populaire. Pense au petit chaperon rouge ! À notre époque, on n'a plus peur du loup. Néanmoins, il y a quelques années, une employée d'un zoo en Suède a été attaquée et tuée par des loups. Ici, autrefois, on invitait des musiciens aux mariages. Ceux-ci devaient rentrer en pleine nuit chez eux, par des chemins peu sûrs. On dit que, pour éloigner les loups, ils jouaient de leurs instruments.

— Et ça fonctionnait ?

— Ça, je l'ignore. L'histoire ne le précise pas.

— Pour en revenir à la bête du Gévaudan, il a existé d'autres affaires de bêtes ailleurs, dit Faustine.

— Celle du Gévaudan est la plus célèbre mais il y en a eu d'autres, en effet. J'en connais au moins deux, pas très loin d'ici. Elles sont un peu plus récentes que celle du Gévaudan. Il y a eu la bête de Veyreau vers 1800 sur les causses près des Gorges du Tarn puis, la bête des Cévennes qui a sévi dans les années 1810 sur le Mont Lozère.

— J'ai l'impression que la légende se mêle souvent à la réalité.

— C'est dû au fait que l'Église a longtemps entretenu ces mythes : le loup a été diabolisé, on disait qu'il violait les femmes et dévorait les enfants. Autrefois, il existait une profonde croyance dans le loup-garou. Les gens avaient peur d'être dévorés par l'un d'entre eux.

— Sais-tu pourquoi la bête du Gévaudan a été autant médiatisée alors qu'on a très peu parlé des autres affaires ?

— Peut-être pour plusieurs raisons. Il y a d'abord l'aspect de la bête qui ne ressemblait pas à un loup. Ensuite, le caractère horrible des attaques comme les décapitations… En plus, comme une guerre venait de s'achever, la presse de l'époque se retrouvait sans sujet important à traiter. Enfin, l'incapacité des chasseurs à attraper l'animal a fini par ridiculiser le roi. L'affaire a donc pris une tournure politique et internationale.

— Et toi, que penses-tu de la bête du Gévaudan ? Quelle est ta version de l'histoire ? Était-elle un loup, un gros chien sous une cuirasse, une hyène ou un homme déguisé ?

Faustine a trouvé quelqu'un qui connaît mieux cette affaire qu'elle : elle est ravie ! Jérémi lui révèle alors sa curieuse théorie sur l'affaire de la bête du Gévaudan.

— Je pense que la bête était une créature de la nuit, un lycanthrope...

— Un lycanthrope ? demande Faustine, intriguée. Qu'est-ce-que c'est ?

— Un lycanthrope est un loup-garou, répond Jérémi en adoptant un ton sérieux. C'est un humain qui a la capacité de se transformer en loup ou en une créature entre l'homme et le loup. La métamorphose se déclenche généralement durant la nuit et à chaque pleine lune. Le lycanthrope est condamné à errer sous forme de loup jusqu'au matin. Il personnalise le diable qu'on ne peut tuer qu'avec des balles bénites. C'est un être maléfique possédant une force colossale et une grande férocité, capable de tuer de nombreuses personnes en une seule nuit. Après avoir repris sa forme humaine au petit matin, il ne se rappelle plus ce qu'il a fait.

Faustine se demande si Jérémi est en train de se moquer d'elle. Un loup-garou : il ne croit quand même pas qu'il va lui faire gober ça !

— Mais la créature dont tu parles, le loup-garou, n'existe pas ! s'exclame Faustine en riant. Le loup-garou est un être imaginaire !

Jérémi sourit en dévoilant une dentition parfaite. Faustine ne peut s'empêcher de le trouver vraiment craquant.

— Tu te moques de moi ! dit Faustine, prenant un air offusqué.

Cette fois, Jérémi éclate de rire.

— Tu y as vraiment cru ! s'exclame-t-il. Pourtant, tu sais, il existe un élément troublant dans toute cette histoire, Pendant trois ans, des battues de dizaines de milliers d'individus pour traquer la bête ont échoué. Et, lors d'une chasse de douze personnes seulement, celui qui a finalement réussi à la tuer d'un coup de fusil avait fait bénir trois balles de plomb fondu réalisées à partir de médailles de la Vierge Marie. Or, on dit que le loup-garou ne peut être tué qu'avec des balles bénites...

— Ça fait partie de toutes les légendes qui entourent cette affaire, soupire Faustine, amusée.

Finalement, Faustine ne saura pas quelle version a la préférence de Jérémi. Au fil de la conversation, elle se rend compte qu'il est assez loin de l'homme dont elle pourrait tomber amoureuse. Elle découvre un séducteur conscient de son pouvoir sur les femmes. Jérémi est trop dragueur, trop sûr de lui et trop démonstratif. Il continue de la dévorer de ses yeux sombres sans cesser de bavarder et de plaisanter. Apparemment, il lui est impossible de laisser parler ses interlocuteurs et de faire semblant de les écouter ! Il semble beaucoup s'amuser à poursuivre son monologue tout en la regardant comme un objet de désir. Faustine en est à la fois flattée et gênée. Mais elle doit lui reconnaître d'intéressantes qualités : la passion pour l'histoire locale qu'elle partage avec lui et son don pour la raconter. Elle ne se lasse pas de l'écouter. Il a même conforté sa volonté de prendre la bête du Gévaudan comme sujet du roman qu'elle envisage d'écrire. Si la jeune femme apprécie que Jérémi l'ait sortie de sa solitude et lui ait permis, le temps d'une soirée, de se changer les idées et de se distraire, elle se demande aussi comment elle va pouvoir repousser ses avances sans le vexer.

Il est tard quand Jérémi et Faustine sortent du restaurant. Ce sont les derniers clients. La nuit est tombée. La jeune femme, fatiguée, a envie de rentrer chez elle mais le plombier insiste pour qu'ils aillent faire un tour dans les rues du centre historique de Marvejols. Il veut absolument lui montrer le vieil immeuble où il a vécu avec ses parents. Pour le visiteur, la ville représente un véritable voyage à travers le temps. Faustine découvre son histoire au hasard de leurs pérégrinations dans les ruelles datant du Moyen-Âge. Elle apprécie la chance d'être accompagnée par un guide séduisant qui connaît son sujet sur le bout des doigts.

— Tu connais l'histoire de Marvejols, Faustine ?

— Non, pas vraiment. Je sais seulement qu'Henri IV y a joué un rôle important. Il y a sa statue sur une place.

— Marvejols est devenue une ville royale au XIVe siècle lorsque le roi Philippe le Bel en a fait sa capitale en Gévaudan, explique Jérémi.

Elle a été fortifiée durant la Guerre de Cent Ans. Au XVIe siècle, elle s'est convertie au protestantisme et a pris parti pour Henri de Navarre, le futur Henri IV.

Oui, Jérémi est vraiment un excellent guide ! Il pourrait travailler pour l'office du tourisme. Faustine ne peut s'empêcher de se demander combien de femmes il a déjà invitées à cette visite de Marvejols by night. Néanmoins, elle préfère ne pas le savoir.

— Marvejols a été assiégée par les troupes catholiques du Duc de Joyeuse, poursuit Jérémi. La ville a été incendiée et ses fortifications détruites. La majorité de sa population a alors été massacrée. Henri IV a fait reconstruire la ville à partir de 1601. Les trois portes que nous avons vues sont les témoins de cette époque. Au XXe siècle, deux statues ont été érigées sur des places de la ville : celle de la bête du Gévaudan et celle d'Henri IV. Ce sont les deux figures marquantes de Marvejols.

— Merci pour la visite et pour toutes tes explications, dit Faustine, enchantée. Je ne pouvais pas rêver d'un meilleur guide que toi ! As-tu jamais songé à faire des études d'histoire ou à travailler dans le tourisme ?

— J'aurais bien voulu mais je n'avais pas de très bons résultats à l'école. J'étais plutôt du genre turbulent…

Faustine se rend compte qu'elle a touché la corde sensible de Jérémi.

— Tu pourrais reprendre des études, Jérémi. Il n'est jamais trop tard. Il n'y a pas d'âge pour se lancer dans une reconversion professionnelle.

— J'ai 28 ans et je ne me vois pas quitter la région pour suivre des cours à la fac de Montpellier ou de Clermont-Ferrand…

— Un jour, tu changeras peut-être d'avis, dit Faustine. Il faut que tu saches que c'est possible. Moi, je viens de quitter mon emploi dans la banlieue parisienne pour ouvrir des chambres d'hôtes ici, ce qui n'a rien à voir avec les études que j'ai pu faire. Et je n'ai que trois ans de moins que toi. Je crois qu'il est temps de rentrer maintenant. Il est tard et je suis morte de fatigue. Je n'ai presque pas dormi la nuit dernière. Je vais m'effondrer comme une masse en arrivant à la maison !

Vers vingt-trois heures, Faustine et Jérémi reprennent la route départementale qui mène à Sainte-Lucie. Au volant, la jeune femme est claquée. Picotement des yeux, bâillements répétés, difficultés à se concentrer, fourmillement dans les jambes, besoin incessant de changer de position : la somnolence la guette. Jérémi semble s'en apercevoir car il ouvre la vitre, laissant entrer l'air frais afin de la maintenir éveillée.

— Tu veux que je prenne le volant ? demande Jérémi.

— Non, ça va aller. Merci. On n'est plus très loin.

Les quelques kilomètres qu'il leur reste à parcourir semblent pourtant bien longs à la jeune femme.

— Ce restaurant était vraiment excellent, parvient à dire Faustine qui lutte pour ne pas s'endormir. Je pourrai le conseiller aux clients de mes chambres d'hôtes.

— C'est, à mon avis, l'un des meilleurs du coin, acquiesce le plombier qui est demeuré plutôt silencieux depuis leur départ de Marvejols.

Faustine n'a pas vraiment l'intention de proposer à Jérémi de boire un dernier verre chez elle. Elle n'a qu'une envie : aller se coucher. Et seule ! À leur arrivée, le hameau de Sainte-Lucie semble endormi ; les volets fermés des maisons en pierre ne laissent filtrer aucune lumière. On dirait un village fantôme.

Jérémi descend du véhicule afin d'ouvrir le portail. Faustine redémarre et se gare dans l'allée, devant sa maison. Au moment où elle descend de la voiture pour se diriger vers le porche, le froid la saisit brutalement et des frissons lui parcourent tout le corps. Jérémi s'approche d'elle. Elle s'attend à ce qu'il l'attire à lui et l'embrasse. Elle s'imagine déjà réprimer ses propres incertitudes et appréhensions. Cependant, il ne se passe rien.

— Au revoir Faustine, dit Jérémi.

— Tu t'en vas ?

— Oui. Je dois me lever tôt demain matin ; j'ai un nouveau chantier qui m'attend à Nasbinals.

Faustine demeure perplexe. Ce n'est visiblement pas le bon moment pour Jérémi. Qu'est-ce-qu'il voulait alors ? Pourquoi l'a-t-il invitée ? Pour tester son pouvoir de séduction ? Avant de partir, il s'amuse à la faire languir en lui racontant une dernière anecdote sur son métier. Faustine est un peu déçue mais elle s'efforce de ne rien laisser paraître. Elle ne l'écoute même plus. Jérémi lui fait soudain la bise et tourne les talons.

— Bonne nuit Faustine ! lance-t-il en s'éloignant.

— Jérémi ! Quand pourras-tu revenir ... pour terminer les travaux ? crie Faustine, alors que le plombier marche à grands pas en direction de sa camionnette.

— J'ai presque fini. Il me reste la baignoire de la salle de bains d'en haut à poser. Mais je ne pourrai pas dans l'immédiat car j'ai ce nouveau chantier. Je t'appellerai. Ciao !

Faustine regarde Jérémi s'éloigner rapidement dans l'obscurité. Alors que la camionnette disparaît dans un virage, elle sort ses clefs et ouvre la porte de sa maison. Épuisée, elle se dirige vers sa chambre, se déshabille rapidement et s'écroule sur son lit. Il ne fait plus froid dans la maison car Jérémi a réussi à faire démarrer la chaudière. Mais le sommeil fuit désespérément la jeune femme. Étendue sur le lit, elle rallume sa lampe de chevet.

Ne serait-ce pas Jérémi qui la rend aussi nerveuse ? Depuis son retour chez elle, elle se refait le film de la soirée, de son dîner en tête-à-tête avec le beau ténébreux. Elle n'en revient toujours pas d'avoir été invitée par cet homme qu'elle connaît à peine. En Lozère comme ailleurs, il est difficile de trouver un plombier. Un bon plombier encore davantage. Jérémi en est assurément un et elle sait qu'il est très demandé. Son planning est complet sur plusieurs semaines. Il n'a donc pas besoin de chouchouter sa clientèle en l'invitant au restaurant. Cependant, son départ un peu abrupt laisse Faustine perplexe. Décidément, elle ne comprend pas grand-chose aux hommes !

Depuis combien de temps Faustine n'avait-elle pas été invitée par un homme ? Elle préfère ne pas compter. Elle ne se souvient pas trop d'ailleurs. Elle revoit les regards brûlants que Jérémi lui a parfois lancés pendant la soirée et qui lui inspirent maintenant un désir qu'elle ne peut plus taire. Elle doit bien admettre qu'il la trouble au plus haut point. Elle jette un coup d'œil sur sa montre posée sur la table de chevet, songeant que la nuit va être longue. Elle pense se sentir trop tendue pour dormir mais elle s'endort pourtant quelques instants plus tard.

Il est environ trois heures du matin quand un bruit tire Faustine de son sommeil. Ce n'est pas le hurlement d'un loup du parc. On aurait dit un cri. Un cri étouffé. À la fois lointain et proche. Faustine tend l'oreille. Mais, elle n'entend rien. La maison est parfaitement silencieuse, plongée dans la pénombre. Il n'y a même pas de craquement. Ses sens lui jouent-ils encore des tours ?

Elle se tourne dans son lit, se demandant si elle a rêvé. Elle allume la lampe de chevet, s'assoit sur le bord de son lit puis finit par se lever. Avant d'aller se coucher, elle a pris soin de fermer tous les volets. Elle ne peut donc pas voir ce qu'il y a autour de la maison. Hors de question de mettre le nez dehors. Elle sort de sa chambre et allume la lumière dans la pièce à vivre. Elle a froid. La chair de poule se répand sur tout son corps. Elle a peur aussi ; une présence malveillante rode peut-être autour de la maison. Elle regagne sa chambre et attrape son livre sur la table de chevet. Lire devrait l'aider à s'endormir. Elle espère néanmoins ne pas faire de nouveaux cauchemars.

4. MALÉDICTION

Le fléau de Dieu, Gévaudan, 1764

Du côté de Langogne, à l'est du Gévaudan, plusieurs attaques de la bête se produisirent à partir de juillet 1764. Marianne Hébrard fut dévorée au Cellier, dans la paroisse de Saint-Jean-la-Fouillouse, le 6 août. Deux jours plus tard, une jeune fille âgée de quinze ans de Masméjean-d'Allier, dans la paroisse de Puylaurent, fut agressée. Au début de septembre, un garçon du Chaylard, dans la paroisse de Chaudeyrac, fut massacré. Une femme de 36 ans, du village d'Estrets, dans la paroisse d'Arzenc, eut le même sort le soir du 6 septembre. Le 16 septembre, ce fut au tour de Claude Maurines, un garçon des Choisinets, dans la paroisse de Saint-Flour-de-Mercoire, dévoré à six heures du soir. Le 29 septembre, le corps mutilé de Magdeleine Mauras, âgée d'environ douze ans, du lieu des Thors, paroisse de Rocles, fut retrouvé. Dans l'acte de décès, le curé écrivit que son corps, retrouvé la veille, était « rongé au col et au sein par la bête féroce qui fait des ravages depuis des mois ». Magdeleine fut égorgée « quand elle retournait conduire le bétail de son oncle sur les quatre heures et demie du soir. Le reste de son corps auquel il manquait un bras arraché et mangé par la bête a été mis au cimetière ».

Un militaire de 32 ans, le capitaine Jean-Baptiste Louis François Boulanger Duhamel fut chargé de la traque de la bête. Il appartenait au régiment de volontaires de Clermont-Prince, créé par Louis de Bourbon-Condé, comte de Clermont. Il fut le premier chasseur officiel de la bête. Étienne Lafont (1719-1779), le syndic de Mende, supervisa les premières chasses contre la bête et suivit de près l'affaire. Avocat au parlement de Toulouse, il était aussi le procureur fiscal de l'évêque de Mende et le subdélégué de l'intendant du Languedoc.

La bête traversa les monts de la Margeride vers l'ouest et commença à sévir autour de Saint-Chély et d'Aumont. Une fille fut dévorée le 7 octobre 1764 au lieu d'Apcher, dans la paroisse de Prunières. Décapitée. On ne retrouva sa tête que huit jours après. Le 11 octobre, une autre fille, Marie, fut tuée aux Hermaux. Décapitée elle aussi.

Certaines victimes arrivèrent à s'en sortir ; elles ne furent que blessées. Le premier rescapé fut signalé le 8 octobre. Il y eut peut-être quelques personnes blessées avant cette date mais elle ne furent pas mentionnées. D'un coup de patte, la bête réussit à emporter les cheveux et toute la peau de la tête d'un jeune garçon du Pouget, à la Fage-Montivernoux. Scalpé. Le 10 octobre, dans la paroisse de Rimeize, un jeune homme, saisi par la bête, fut rapidement délivré par deux personnes mais la peau de son front et une partie de son crâne furent arrachées. Le même jour, près de Bergounhoux, dans la paroisse de Fontans, une fille d'environ dix ans fut blessée d'un coup de dent à la joue et d'un coup de griffe à un bras. Elle put être délivrée grâce à l'intervention de ses deux frères. Le 15 octobre, un enfant de dix ans fut dévoré au lieu de Contandrès, dans la paroisse de Sainte-Colombe. Une bête lui coupa la tête et lui mangea les poumons.

Faustine soupire. Sainte-Colombe se situe à peine à une dizaine de kilomètres de Sainte-Lucie. Elle est intriguée : la bête coupait la tête de ses victimes. Des décapitations ! Elle ne se souvenait pas de ce détail sordide qui, selon elle, contribue largement au mystère entourant l'affaire. Parce qu'un loup ne décapite pas ses proies. Ni aucun autre animal à sa connaissance. Autre fait étrange : la bête ne s'attaquait pas au bétail. Elle fonçait directement sur les femmes et les enfants. C'était un animal solitaire.

Si les paysans parlaient spontanément de « bestio », la bête en occitan gévaudanais, c'est bien que la créature se différenciait du loup. Les habitants du Gévaudan étaient en effet habitués à ce dernier. Ils le faisaient fuir en lui jetant des cailloux, ils en voyaient au quotidien et ne pouvaient donc faire la confusion. Et puis, la plupart des victimes n'étaient pas vraiment mangées. C'est comme si la bête tuait plus par jeu ou plaisir que par nécessité... Cette façon d'agir évoquait davantage le comportement d'un humain que celui d'un animal. Enfin, d'après les personnes qui en avaient réchappé, c'était une créature qui ressemblait à un loup mais qui n'en était pas un... Alors, qu'est-ce que cela pouvait bien être ? Faustine interrompt ses réflexions et reprend sa lecture.

Les nouvelles concernant les ravages de la bête étaient colportées de village en village et la terreur commençait à s'installer sur toute la région.

Le premier dimanche de l'année 1765, les paroissiens avaient revêtu leurs plus beaux habits. Certains avaient parcouru plusieurs kilomètres de sentiers accidentés, avec leurs sabots aux pieds, pour se rendre à la messe. La plupart étaient des paysans qui s'efforçaient de tirer d'une terre pauvre du seigle, de l'avoine ou de l'orge. Malgré les nouvelles théories agricoles en provenance de Paris, ils continuaient de pratiquer la jachère en mettant régulièrement le bétail dans les champs.

Ce dimanche, les paroissiens savaient qu'on allait leur parler de la bestio. Le 31 décembre 1764, Monseigneur de Choiseul-Beaupré avait rédigé et envoyé à toutes les paroisses de son diocèse un mandement qui tentait d'expliquer la provenance du fléau et le moyen d'y remédier.

Gabriel-Florent de Choiseul Beaupré (Dinant, Pays-Bas espagnols, 1685 – Mende, Gévaudan, 1767) était le personnage le plus important du Gévaudan. Évêque de Mende et comte du Gévaudan, il partageait le pouvoir sur la province avec le roi de France. Âgé de 80 ans. il était le cousin d'Étienne François de Choiseul, ministre de Louis XV, et de César Gabriel de Choiseul-Praslin, lieutenant général.

L'Église avait une profonde emprise sur le Gévaudan ; nul doute que le mandement allait avoir un impact fort sur les paroissiens. L'évêque craignait que la population catholique du nord de la province puisse s'ouvrir de nouveau à la religion réformée.

À la messe, les curés tenaient en main le texte signé de l'évêque et les paroissiens tendaient l'oreille. L'ordonnance concernait un sujet qui suscitait l'angoisse de tout un peuple. Les curés commencèrent par évoquer « les calamités d'une longue guerre qui a dépeuplé les provinces et épuisé les États » puis de « la mortalité des bestiaux, le dérangement des saisons, les grêles et les orages qui ont porté la désolation et la stérilité dans les campagnes ».

Dans les églises, le silence s'était fait pesant. Les curés parlaient d'un « fléau qui nous est particulier et qui porte avec lui un caractère frappant et visible de la colère de Dieu contre ce pays ». Chaque paroissien comprit que le fléau en question désignait la bestio. Les termes employés ensuite étaient sans équivoque : « Une bête féroce, inconnue dans nos climats, y paraît tout à coup comme par miracle sans qu'on sache d'où elle peut venir. Pourtant où elle se montre, elle laisse des traces sanglantes de sa cruauté : la frayeur et la consternation se répandent, les campagnes deviennent désertes ; les hommes les plus intrépides sont saisis, à la vue de cet horrible animal, destructeur de leur espèce, et n'osent sortir sans être armés ; il est d'autant plus difficile de s'en défendre qu'il joint à la force la ruse et la surprise. Il fond sur sa proie avec une agilité et une adresse incroyables ; dans un espace de temps très court, vous le savez, il se transporte dans des lieux différents et fort éloignés les uns des autres : il attaque de préférence l'âge le plus tendre et le sexe le plus faible, même les vieillards en qui il trouve moins de résistance. »

Le mandement tentait ensuite d'expliquer la provenance du mal et le moyen d'y remédier. Il visait les inconduites des paroissiens de la province et expliquait que la bête était une punition de Dieu contre les pécheurs et les infidèles. Par leurs péchés, les hommes s'étaient exposés à la colère divine, incarnée par cette créature maléfique.

L'évêque appelait à davantage de ferveur religieuse et incitait les fidèles aux prières publiques des quarante heures « à l'occasion de l'animal anthropophage qui désole le Gévaudan ». Selon lui, la prière était le meilleur recours pour combattre cette punition envoyée par le Ciel. Le Saint-Sacrement allait être exposé le 6 janvier dans toutes les églises du diocèse.

« C'est parce que vous avez offensé Dieu que vous voyez aujourd'hui accomplir en vous à la lettre et dans presque toutes leurs circonstances les menaces que Dieu faisait autrefois par la bouche de Moïse contre les prévaricateurs de sa loi : « J'armerai contre eux, leur disait-il, les dents des bêtes farouches. J'enverrai contre vous les bêtes sauvages qui vous dévoreront, vous et vos troupeaux, qui vous réduiront à un petit nombre et qui de vos chemins feront un désert. La crainte que vous aurez de ces bêtes vous empêchera de sortir pour vaquer à vos affaires. Ils m'ont oublié, dit-il encore, et moi je serai pour eux comme une lionne ; je les attendrai comme un léopard sur le chemin de l'Assyrie ; je viendrai à eux comme une ourse à qui on a ravi son petit ; je leur ouvrirai les entrailles, et leur foie sera mis à découvert, je les dévorerai comme un lion et la bête farouche les déchirera. » Ces textes de la Sainte-Écriture que nous choisissons parmi bien d'autres suffisent pour convaincre que dans tous les temps Dieu a menacé de punir les péchés des hommes par des supplices semblables à celui dont vous éprouvez aujourd'hui toute la rigueur. Ne demandez donc plus d'où est venue la Bête féroce, qui fait tant de ravages parmi nous ; ne vous mettez point en peine de savoir comment elle a pu pénétrer jusqu'à nous. C'est le Seigneur qui l'a tirée du trésor de sa colère ; c'est le Seigneur irrité qui l'a lâchée contre vous ; c'est le Seigneur qui dirige sa course rapide vers les lieux où elle doit exécuter les arrêts de mort que sa justice a prononcés. Tel est l'ordre immuable de cette justice éternelle, que l'homme ne puisse se révolter contre son Créateur, sans soulever contre lui toutes les créatures ; sa révolte lui a fait perdre l'empire absolu qu'il lui avait donné sur tous les animaux et cette même révolte a donné une espèce de domination et de supériorité sur l'homme, puisque celui-ci est souvent livré à leur fureur en punition de ses péchés.

Pères et mères, qui avez la douleur de voir vos enfants égorgés par ce monstre que Dieu a armé contre leur vie, n'avez-vous pas lieu de craindre d'avoir mérité par vos dérèglements, que Dieu les frappe d'un fléau si terrible ? Souffrez que nous vous demandions un compte de la manière dont vous les élevez ; quelle négligence à les instruire des principes de la religion et des devoirs du christianisme, quel soin prenez-vous de leur éducation ? Au lieu de leur apprendre de bonne heure et dès leurs plus tendres années à craindre Dieu et à s'abstenir de tout péché, [...] ne leur inspirez-vous pas des sentiments tout opposés, d'ambition, d'orgueil, de mépris pour les pauvres, de dureté pour les misérables ? On vous voit bien moins occupés de leur salut que de leur fortune et de leur avancement, pour lequel tout vous paraît légitime, et ces passions naissantes que vous auriez dû arrêter et étouffer par des corrections salutaires, vous prenez soin au contraire de les nourrir et d'en faire éclore le germe ; heureux encore si vous n'étiez pas les premiers à les pervertir et à les corrompre par la contagion de vos mauvais exemples ! Après cela, faut-il être surpris que Dieu punisse l'amour déréglé que vous avez pour eux par tant de sujets d'afflictions et de douleur qu'il vous prépare dans la suite de votre vie ? Quelle dissolution et quel dérèglement dans la jeunesse de nos jours ! La malice et la corruption se manifestent dans les enfants avant qu'ils aient atteint l'âge qui peut les en faire soupçonner. Ce sexe dont le principal ornement fut toujours la pudeur et la modestie, semble n'en plus connaître aujourd'hui ; il cherche à se donner en spectacle, en étalant toute sa mondanité et il se fait gloire de ce qui devrait le faire rougir. On le voit s'occuper à tendre des pièges à l'innocence, à usurper un encens sacrilège et à s'attirer jusque dans nos temples des adorations qui ne sont dues qu'à la Divinité. Une chair idolâtre et criminelle qui sert d'instrument au démon pour séduire et perdre les âmes, ne mérite-t-elle pas d'être livrée aux dents meurtrières des bêtes féroces qui la déchirent et la mettent en pièces ? Ce n'est pas que nous regardions comme coupables toutes les personnes qui ont eu le malheur de périr de la sorte ; Dieu peut avoir permis ces tristes événements pour des raisons qui regardent leur salut et leur bonheur éternel ; mais cela n'empêche pas que Dieu leur a fait subir la peine due aux péchés de leurs parents : je suis, nous dit-il, le Dieu fort et jaloux qui venge l'iniquité des pères sur les enfants jusqu'à la troisième et quatrième génération. »

Dans son mandement, Monseigneur de Choiseul-Beaupré demandait aussi aux hommes de traquer l'animal.

« Entrons dans le dessein de Dieu qui ne nous frappe que pour nous guérir ; si nous cessons de l'offenser, ses vengeances cesseront aussi, sa colère fera place à ses anciennes miséricordes. Le monstre redoutable qui exerce sa fureur contre nous ou sera exterminé, ou Dieu le fera disparaître pour n'y plus revenir.

Loin de vous cette pensée folle que ce monstre est invulnérable, que les pasteurs et tous ceux qui sont chargés du sort des âmes s'appliquent à dissiper par de solides instructions ces contes fabuleux dont le peuple grossier aime à se repaître, et à bannir de son esprit tout ce qui ressent l'ignorance et la superstition.

Cet animal, tout terrible qu'il est, n'est pas plus que les autres animaux à l'épreuve du fer et du feu. Il est sujet aux mêmes accidents, et à périr comme eux, il tombera infailliblement sous les coups qu'on lui portera dès que les moments de la miséricorde de Dieu sur nous seront arrivés…

Déjà cette miséricorde nous a ouvert une ressource : les États de la province, sensibles aux calamités de ce pays, ont accordé une gratification à celui qui l'en délivrera, et nous avons lieu d'espérer que plusieurs bras s'armeront pour nous secourir. Mais soyons bien persuadés que ces moyens humains et tous ceux que nous sommes obligés d'employer pour notre défense n'auront d'autre succès que celui qu'il plaira à Dieu de leur donner ; supplions-le donc très instamment de les bénir et de les faire réussir. »

La devise de l'évêque aurait pu être « Aide-toi, le ciel t'aidera » en demandant aux paroissiens de fournir des efforts pour chasser et détruire la bête. Enfin, l'ecclésiastique promettait mille livres à celui qui réussirait à vaincre le monstre.

5. EFFRACTION

Vendredi 13 avril 2018

« Le loup retourne toujours au bois »
proverbe français

Ce matin, une mauvaise surprise attend Faustine dans son jardin. Alors qu'elle s'apprête à récupérer le courrier dans sa boîte aux lettres située à côté du portail, elle découvre une pie pendue à une branche de l'un des pins bordant l'allée menant à sa maison. L'oiseau est dans un état de décomposition avancé. Elle s'empresse de couper la corde, de creuser un trou avec une bêche afin de pouvoir l'enterrer. Qui a bien pu suspendre l'animal ainsi ? Et dans quel but ? se demande-t-elle.

En fin de matinée, quelqu'un frappe à sa porte. Faustine se dit alors qu'elle a bien fait d'y fixer une petite pancarte indiquant à ses visiteurs que la sonnette est hors service. Elle ne sait pas pourquoi mais elle pense immédiatement à Jérémi. Elle vient coller son oreille à la porte.
— Qui est-ce ? demande-t-elle, méfiante.

— C'est votre voisin ! répond une voix d'homme agréable.

Faustine ouvre et se retrouve face à un individu de taille moyenne d'une trentaine d'années souriant et avenant. Il a des cheveux bruns coupés assez courts, les yeux verts, le teint un peu mat et des fossettes sur les joues. La jeune femme lui trouve immédiatement beaucoup de charme. Quand son regard croise le sien, elle ressent un frisson. Cet homme possède quelque chose d'indéfinissable qui éveille en elle un certain trouble.

— Bonjour, j'habite la maison d'en face.

— Bonjour...

— Je m'appelle Romain Lafont, dit-il. Je suis le directeur du parc des Loups du Gévaudan. Je viens vous informer que la clôture du parc a été endommagée la nuit dernière. Des loups ont réussi à s'échapper et nous ignorons leur nombre pour l'instant. Nous avons pris toutes les mesures pour les retrouver mais je suis très inquiet. Je vous conseille de ne pas vous promener seule autour de Sainte-Lucie tant qu'ils n'ont pas été récupérés. Pourriez-vous me prévenir immédiatement si vous voyiez un loup roder dans les parages ? Voici mon numéro de portable.

Son voisin n'a pas laissé à Faustine le temps d'en placer une. Silencieuse et abasourdie, elle prend la carte de visite qu'il lui tend. Visiblement, Romain Lafont n'a pas envie d'engager la conversation avec elle. Maintenant qu'il lui a fait passer son message, il a hâte de repartir. Cependant, Faustine, qui veut en savoir plus, ne lui en laisse pas le temps.

— Enchantée de faire votre connaissance. Je m'appelle Faustine Dalle. Je viens d'emménager à Sainte-Lucie. C'est vous qui habitez en face alors ?

— Oui...

— Depuis quand ? Votre maison est restée longtemps inoccupée...

— J'habite ici depuis deux ans quand même, répond Romain. Vous venez d'acheter ou vous louez cette maison ?

— Ni l'un ni l'autre : j'en ai hérité. Cette maison était la résidence secondaire de mes parents. Je vais y habiter désormais. Je n'étais pas revenue à Sainte-Lucie depuis cinq ans et, à l'époque, votre maison n'était pas habitée.

— Le précédent directeur n'habitait pas sur place. C'est sans doute la raison…

— Votre maison est un logement de fonction ?

— Tout à fait.

— Comment la clôture du parc a-t-elle été endommagée ?

— C'est un acte de malveillance. Les gendarmes prennent les choses très au sérieux.

— Qui a bien pu commettre un acte pareil ? Et pourquoi ? demande Faustine.

— Ça, nous l'ignorons pour l'instant.

— À quoi ressemblent les loups qui se sont échappés ?

— Ce sont des loups de Mongolie, originaires de zones proches du désert de Gobi. Ils possèdent un pelage fauve, presque roux pour certains. Leur taille est moyenne, environ soixante-dix centimètres au garrot.

— Ces loups en liberté peuvent-ils être dangereux ? s'inquiète la jeune femme.

— Non. En réalité, ces loups sont plutôt en danger. Comme dans d'autres départements, la présence du loup en Lozère dérange et suscite régulièrement la controverse, principalement entre les éleveurs de brebis qui se plaignent de prédations régulières et les organisations de défense des animaux. Le président d'une association d'agriculteurs du département a ainsi demandé que les loups échappés soient neutralisés au plus vite morts ou vifs. La situation risque d'être très tendue ces jours-ci. Cela me préoccupe beaucoup.

— Donc, il n'y a aucun danger pour les habitants de Sainte-Lucie ?

— Non, répond le directeur du parc avec assurance. Les riverains du site et les habitants au-delà n'ont rien à craindre. Les loups sont peut-être déjà loin à l'heure qu'il est. Ces animaux sont capables de parcourir de 70 à 80 kilomètres par jour. Ils s'en prennent rarement aux hommes car ils en ont peur. Ils ne s'approchent pas des villages et sont invisibles la plupart du temps. Et les attaques sont très rares ; elles interviennent dans des circonstances très particulières, par exemple quand un animal est atteint de la rage ou lorsqu'il doit se défendre. Vous savez, nos loups ont été élevés en captivité. Ils risquent fort de ne pas savoir se débrouiller dans la nature si on ne leur remet pas la main dessus rapidement. L'autoroute est proche et je ne voudrais pas qu'ils essayent de la traverser. Nous espérons les retrouver lors des battues que nous allons organiser. Excusez-moi, mais je dois vous laisser. Nous allons devoir reprendre les recherches. Bonne journée !

Faustine regarde son voisin s'éloigner avec regret. Un peu distant mais sympathique… Elle aurait bien aimé discuter un peu plus avec lui, faire connaissance… Évidemment, avec cette évasion de loups, le moment n'était pas très bien choisi. Mais elle se sent seule. La jeune femme se prend à regretter la vie de bureau et son agitation. A-t-elle eu raison de tout quitter pour s'installer ici ? Afin de chasser ses idées noires, elle monte dans sa voiture et se rend jusqu'à Marvejols pour faire des achats. Le supermarché le plus proche est situé à dix kilomètres de Sainte-Lucie. C'est trop loin pour une citadine habituée à disposer de tous les commerces à proximité de chez elle. Outre le fait qu'elle a besoin de remplir son réfrigérateur et ses placards, elle a envie de voir du monde.

Le soir venu, le silence de la maison est de nouveau troublé par les grincements de l'ancien parquet et, au loin, par les hurlements des loups du parc. Faustine se demande si elle va finir par s'y habituer. Elle en vient à regretter le bruit des voitures, celui des télévisions allumées des voisins ou de l'ascenseur qui monte et qui descend. En bref, les bruits rassurants de la ville lui manquent ! À la pensée de la pie de ce matin, trouvée morte et pendue au bout d'une corde, elle sent une boule au creux de son ventre. Et puis savoir que des loups puissent roder autour de sa maison ajoute à son angoisse. Consciente que l'affaire de la bête du Gévaudan ne risque pas de l'apaiser, elle poursuit néanmoins la lecture de cette histoire captivante.

6. RÉBELLION

Villaret, paroisse de Chanaleilles, 12 janvier 1765

C'était un matin glacial d'hiver. Les bois s'étendaient devant les enfants. Très loin, en lisière, on entendait un chien aboyer. On était en plein jour mais il faisait sombre sous les arbres. Les bois semblaient morts. Sept enfants du Villaret, de la paroisse de Chanaleilles, se regardaient et souriaient. Cinq garçons et deux filles, âgés de huit à douze ans, avançaient dans le silence des bois. Depuis l'apparition de la bête, les autorités avaient recommandé à la population de ne pas envoyer les enfants garder le bétail seuls. Ils devaient y aller en groupe pour plus de sécurité. Chaque garçon tenait un bâton sur lequel était fixée une lame. Les jeunes bergers marchaient en silence avec leurs bêtes sur un étroit chemin bordé de pins sylvestres. Ils descendirent une pente un peu raide et arrivèrent au pré de la Coutasseire où ils devaient rester la journée avec le troupeau. Un vent froid fouettait leurs visages. Soudain, ils entendirent un bruit tout proche.

— Chut ! fit Jacques Portefaix, le plus âgé.

— On n'a rien dit, dit Jeanne.

— Vous avez entendu ce bruit ?

— Non, quel bruit ? demanda Joseph.

— On aurait dit qu'il y avait quelqu'un...

— Tu as peur ?

— Non ! Bien sûr que non !

— Eh bien, tu devrais. Les bois autour sont dangereux. Il y a des loups...

— Il y a surtout la bestio ! Elle rôde !

La bête observait les enfants à travers les genêts. Dissimulée. Soudain un grand frisson passa dans un buisson et les enfants sursautèrent. La silhouette imposante de la bête leur apparut.

Jacques Portefaix décida immédiatement de prendre la direction des opérations. Il ordonna à ses compagnons de faire face.

— Les deux plus grands au premier rang avec moi ! Les filles au deuxième ! Et, tout derrière, les plus petits !

Ses camarades obéirent et se regroupèrent pour se défendre. La bête commença à tourner autour d'eux. Elle n'avait pas peur. Elle commença à bondir tout autour des enfants qui, sous les ordres de Portefaix, changèrent de position pour toujours lui faire face. L'agilité de la créature était stupéfiante : elle prit les enfants de vitesse, parvint à happer à la gorge Joseph Panafieu, l'un des plus jeunes garçons. Les trois plus grands se ruèrent vers elle et la piquèrent avec leurs baïonnettes. Ils sentirent une peau si rugueuse qu'ils ne parvinrent pas à la percer. Néanmoins, ils avaient dû faire mal à la bête car elle finit par lâcher prise, après avoir arraché un morceau de joue de Joseph qu'elle engloutit devant les enfants terrorisés.

Mise en appétit, la bête revint à la charge, s'en prenant aux plus jeunes, saisissant le petit Veyrier par le bras et l'emportant plus loin. Un des enfants suggéra de prendre la fuite pendant que la bête était occupée, mais Jacques Portefaix les incita à secourir leur compagnon. Malgré le poids du garçon, la bête l'avait emporté à une telle vitesse que les enfants, lancés à sa poursuite, ne parvinrent pas à la rejoindre. Jacques Portefaix eut alors une idée : il décida d'infléchir la course de la bête vers une tourbière qu'il connaissait bien. Ralenti par la nature du terrain, l'animal fut rattrapé par les enfants qui le piquèrent furieusement avec leurs lames. Mais sa peau dure était résistante ! Ils tentèrent de l'atteindre aux yeux à l'aide de leurs baïonnettes. La bête avait posé à terre le petit Veyrier et le maintenait au sol avec une de ses pattes avant. De ses crocs, elle happa la lame de Portefaix. Les autres enfants continuèrent de la frapper. Soudain, un coup lui fit faire un bond. La bête recula. Les petits bergers parvinrent enfin à lui faire lâcher prise et à la tenir à distance. Jacques Portefaix s'avança. La bête grimpa sur une butte de terre. Les enfants coururent vers elle. À l'arrivée de plusieurs hommes alertés par les cris, la bête s'enfuit dans les bois.

Le monstre s'était montré extraordinairement combatif. Son comportement ne ressemblait à celui d'aucune bête féroce connue. Pourtant, le courage dont avaient fait preuve les jeunes bergers avait réussi à la mettre en déroute.

L'acte de bravoure des enfants ne passa pas inaperçu. L'épisode ne tarda pas à être porté à la connaissance de Louis XV qui règnait sur la France depuis 1715. De Saint-Priest, l'intendant du Languedoc, fit part à de l'Averdy, le contrôleur général des finances, de l'affrontement qui avait eu lieu entre le groupe de jeunes gens et la bête. Informé à son tour, le roi décida de récompenser le plus courageux d'entre eux, Jacques Portefaix, en lui assurant protection et instruction. Celui-ci devint l'un de ses pupilles et perçut une pension annuelle de 300 livres versée par les services financiers royaux. En accord avec l'intendant du Languedoc, Louis XV prit la décision d'envoyer Jacques Portefaix étudier à Montpellier, chez les Frères de la Doctrine Chrétienne. Le 9 avril 1765, le jeune berger se mit en route pour rejoindre sa future école. Il passa par Mende pour y rencontrer l'évêque Gabriel-Florent de Choiseul-Beaupré. Jacques Portefaix resta chez les Frères de la Doctrine Chrétienne ou Frères Ignorantins à Montpellier jusqu'en novembre 1770, date à laquelle il intégra l'école du Corps royal d'artillerie. Il fut ensuite nommé officier d'artillerie dans l'armée du roi puis il devint lieutenant, sous le nom de Jacques Villaret, le nom de son village d'origine.

Jacques Portefaix rencontra Louis XV une seule fois à Fontainebleau. Celui-ci lui demanda de rédiger un mémoire relatant son combat contre la bête, ce que l'ancien berger fit en 1768. De Saint-Priest, intendant du Languedoc, fit parvenir un exemplaire de ce document au contrôleur général des finances de l'Averdy, qui le communiqua à son tour au ministre Étienne-François de Choiseul. Aucun des quatre exemplaires envoyés n'a été retrouvé à ce jour. Il s'agit d'un des nombreux mystères entourant cette affaire.

En 1785, Jacques Portefaix mourut de maladie à l'âge de 33 ans à Franconville, au nord de Paris.

7. ÉVASION

Samedi 14 avril 2018

« Entourez plutôt votre maison de pierres que de voisins. »
proverbe arabe

Faustine ouvre les yeux. Sa chambre est plongée dans l'obscurité ; le jour est loin de se lever mais elle comprend tout de suite qu'elle ne se rendormira pas. Depuis qu'elle habite à Sainte-Lucie, son sommeil est devenu très léger ; elle se réveille au moindre bruit. Elle a peur que les insomnies s'installent définitivement. Elle quitte son lit et gagne la salle d'eau. La séquence de la douche et de l'habillage ne lui prend pas longtemps.

Alors qu'elle fait le tour de son jardin, quelque chose de blanc attire son regard dans l'allée : on dirait une boîte à chaussures. Qui a pu la déposer là ? Elle s'approche, s'accroupit et ôte le couvercle. Une odeur pestilentielle lui donne un haut-le-cœur. Elle découvre quatre chatons morts. Elle lâche aussitôt le couvercle et fait demi tour, bouleversée. Après une pie, des chats... Et demain, ce sera quoi ? Une vache ? Faustine se demande qui peut bien lui en vouloir à ce point. Elle se souvient alors que ses parents, les dernières années, n'étaient plus les bienvenus dans le hameau. Ils étaient les derniers habitants dont les familles étaient originaires du lieu. Tous les bâtiments avaient été transformés en gîtes pour touristes. Son père n'a jamais voulu vendre la maison de famille malgré les pressions exercées par SOGELOZ. Il était très attaché à Sainte-Lucie. Visiblement, la présence de l'héritière dérange quelqu'un mais elle est bien décidée à ne pas se laisser intimider.

Faustine vient juste d'enterrer les chatons lorsqu'un individu se présente devant son terrain. Elle ne l'a pas vu arriver. Un petit homme trapu et rondouillard est en train d'ouvrir son portail. Elle vient à sa rencontre.

— Vous souhaitez me voir, Monsieur ?

— C'est vous qui habitez, ici ?

— Oui, c'est moi. Que voulez-vous ?

Le côté bourru du type lui déplaît immédiatement ; elle voit les ennuis poindre.

— Je suis votre voisin, répond-il sans un sourire.

— Bonjour, je suis Faustine Dalle. Enchantée de faire votre connaissance.

— J'habite dans la maison d'à côté, ajoute l'homme en pointant du doigt le terrain voisin.

De chez Faustine, on ne voit pas la maison du voisin, masquée par une rangée de grands arbres plantés le long de la clôture. L'homme doit avoir une cinquantaine d'années. Ses cheveux clairsemés sont balayés en travers de son crâne chauve pour tenter de masquer sa calvitie. Il porte un pantalon en velours côtelé tout droit sorti d'une époque révolue et une veste kaki de chasseur.

— Il faudrait que vous fassiez élaguer les pins près de la clôture, poursuit l'homme d'un ton peu aimable. Ils me font de l'ombre. Et, quand il y a beaucoup de vent, les arbres grincent. Ils vont finir par tomber sur ma maison !

— Je verrai ce que je peux faire, répond sa voisine. Vous vous appelez comment ?

— Hermabessière.

L'homme tourne les talons et s'en va sans dire un mot. Faustine frémit ; elle vient à peine d'arriver qu'elle a déjà des problèmes de voisinage... Les pins ont plus de soixante ans : ils étaient là depuis longtemps quand cet individu désagréable a emménagé à Sainte-Lucie. En plus, ils ont été plantés du temps de ses grands-parents à plus de deux mètres de la limite de propriété, ce qui est la distance réglementaire. Enfin, les arbres de plus de trente ans n'ont même pas à suivre cette règle des deux mètres. Son voisin ne peut donc pas exiger d'elle l'abattage ou l'élagage de ses magnifiques pins sylvestres. Elle attendra une journée venteuse pour constater s'ils bougent vraiment. Jérémi avait raison : cet Hermabessière est vraiment un mauvais coucheur ! Les parents de Faustine ont à peine connu ce dernier car il a dû emménager peu de temps avant leur dernier été à Sainte-Lucie.

En fin de journée, alors qu'elle est en train de déposer ses ordures dans les poubelles collectives situées sur la route principale du hameau, Faustine aperçoit la voiture de Romain Lafont ralentir devant le portail de sa propriété. Elle lui fait un signe et se dirige vers le véhicule pour prendre des nouvelles de l'évasion des loups. Son voisin apparaît fatigué mais moins déprimé que la veille. Il a l'air content de la voir et lui fait part aussitôt de l'état d'avancement des recherches.

— On a laissé de la viande au sol, à l'extérieur des enclos, pour attirer les loups qui se sont échappés, raconte Romain. Cela a fonctionné puisqu'on en a retrouvé un ce matin. Les recherches sur le terrain continuent toute la journée pour retrouver les animaux évadés. Trois d'entre eux ont pu être récupérés en tout. Cependant, il doit encore en rester en liberté. C'est difficile de les recenser : le terrain est trop vaste et accidenté. Nous allons être obligés de compter précisément les loups du parc scientifique afin de connaître avec certitude le nombre d'animaux encore dans la nature.

— Qu'appelez-vous le parc scientifique ?

— C'est la partie du parc des Loups du Gévaudan qui n'est pas accessible aux visiteurs. Elle est dédiée à l'étude des animaux. C'est comme s'il y avait deux parcs en fait. Le parc d'observation scientifique est une vaste zone boisée d'une vingtaine d'hectares qui compte trente-deux loups.

— Où est-il ?

— Il est un peu plus loin ; à environ cinq cent mètres de la partie réservée au public.

— C'est la première fois que des loups parviennent à s'échapper ? demande Faustine.

— Oui. C'est une première dans l'histoire du parc des Loups du Gévaudan depuis sa création en 1985. Une première dont on se serait bien passé !

— On ne sait toujours pas qui a commis l'effraction ?

— Non, le parc n'est malheureusement pas équipé de caméras de vidéosurveillance. Le préfet a demandé au président de la société gestionnaire que le site en soit équipé à l'avenir. Cette décision est prise un peu trop tard. Il faut toujours attendre que quelque chose se produise pour prendre les mesures adéquates. On n'anticipe jamais rien !

— Vous avez porté plainte ?

— Oui, évidemment, répond Romain. Les gendarmes étaient sur place hier pour faire les relevés scientifiques nécessaires et ouvrir une enquête.

— Et comment avez-vous découvert l'effraction ?

— C'est en arrivant tôt le matin que Samuel Hermabessière, un de mes collaborateurs, a découvert que deux grillages avaient été cisaillés. Plusieurs loups qui étaient restés dans la double enceinte de sécurité ont pu être repoussés dans l'enclos. Mais d'autres ont pris la poudre d'escampette et se trouvent dans la nature. Il est impossible pour l'instant de dire combien ; le parc scientifique compte plus de vingt hectares, avec des prairies et des forêts. C'est difficile de recenser les loups dans un tel environnement. Les salariés du parc ont été armés de fusils pour endormir les animaux et les gardes de l'Office nationale de la chasse et de la faune sauvage, habilités à tirer sur les espèces protégées, sont également présents sur place.

— Combien de loups vivent dans le parc actuellement ?

— Plus de cent loups vivent en semi-liberté sur un espace boisé de plusieurs hectares. Les animaux viennent du Canada, de Sibérie, de Mongolie, de Pologne et de l'Arctique. Notre objectif est d'observer les loups mais aussi de faire connaître l'animal, d'effacer les peurs le concernant et de le réhabiliter auprès des visiteurs. La valeur scientifique du parc est reconnue. Il a aussi un rôle économique important dans la région car nous accueillons plus de cent mille visiteurs par an.

— Vous pensez que vous allez finir par retrouver tous les loups ?

— Ces loups sont nés ici, à Sainte-Lucie, ils y ont été élevés, ils y sont nourris tous les jours. Donc, en toute logique, ces animaux vont vouloir revenir dans un endroit protégé pour eux.

— Avec ces loups en liberté, Sainte-Lucie risque d'être envahi par les journalistes…

— Non, je peux vous rassurer sur ce point, Faustine. Le préfet de Lozère a interdit toute présence de médias ou de curieux sur le site. Car le loup est un animal craintif qui ne sortira pas s'il y a une activité inhabituelle.

— J'ai une dernière question à vous poser. Elle n'a rien à voir avec les loups.

— Allez-y ! De quoi s'agit-il ?

— Hier matin, j'ai trouvé une pie morte pendue à l'un de mes arbres. Savez-vous qui aurait pu faire ça ? Est-ce une tradition locale ?

— Une tradition, non. Plutôt une pratique de chasse ou de braconnage…

— C'est-à-dire ?

— Je crois qu'on appelle ça du piégeage au pendu.

— Du quoi ?

— Les chasseurs suspendent un appât à une branche d'arbre. Une pie morte est souvent utilisée à cause de ses contrastes de plumage. Ils la placent à environ un mètre trente de hauteur pour attirer les renards, par exemple. On dissimule sous l'appât plusieurs pièges. Le prédateur, attiré par les balancements de l'oiseau dus au vent, cherche à s'en emparer sans la moindre prudence.

Faustine est écœurée par cette pratique dont elle n'a jamais entendu parler et qu'elle considère d'un autre âge. En plus, les chasseurs n'ont pas le droit d'installer des pièges près des habitations. La maison n'ayant pas été habitée pendant plusieurs années, certains individus ont dû prendre de bien mauvaises habitudes. Ça ne peut être qu'une personne vivant aux alentours !

— J'ai vu un chat sur mon terrain ce matin, dit Faustine. Il est à vous ?

— Non. De quelle couleur ?

— Euh, je ne me souviens plus…

— Ce pourrait être le chat du locataire d'un gîte mais je crois qu'il n'y en a pas en ce moment. Si c'est un chat blanc avec des taches, c'est la chatte des Hermabessière, vos voisins d'à côté.

Faustine a maintenant la réponse à la question qui la préoccupait…

De retour dans sa maison, la jeune femme ressent une fatigue soudaine. Après avoir dîné, elle va se coucher et s'endort assez vite. Dans la nuit, un bruit la réveille et la tire d'un sommeil sans rêve. Elle se redresse dans son lit, déconcertée et angoissée. Qu'a-t-elle entendu ? Rien, apparemment. La maison est silencieuse et sa chambre plongée dans l'obscurité. Et puis, elle entend de nouveau ce bruit qui l'a sans doute réveillée : un son étrange et étouffé qu'elle a du mal à identifier. Elle se réfugie sous les draps mais ne parvient pas à se rendormir. Elle tend une main vers la table de chevet, allume la petite lampe posée dessus et s'empare de son livre. Elle se replonge dans sa lecture sur la bête.

8. APPARITION

1765

Les témoignages des paysans qui survécurent aux attaques insistaient sur la vivacité de la bête et son comportement inhabituel pour un loup. L'animal ne hurlait pas, il grondait. Il sautait sans arrêt et ne reculait pas quand on s'avançait vers lui. Contrairement au loup, il agressait les bergers mais pas le bétail.

Faustine est sidérée : le portrait que les gens de l'époque dressaient de la bête est édifiant. Le monstre ressemblait à un loup mais n'en était pas un !

« Sa tête était plus grosse, ses mâchoires énormes. Son pelage était roux mais son dos était parcouru d'une raie noire dont les poils se hérissaient au moment de l'attaque. Sa queue, très longue, était toujours en mouvement. Sur le poitrail, une grande tache blanche formait un cœur. Ses pattes, courtes et épaisses semblaient très poilues. Elles étaient plus courtes à l'avant. La bête était plus longue que haute, aussi grosse qu'un veau d'un an selon des témoins. L'arrière de son corps était plus étroit et plus relevé que l'avant. Ses yeux étaient de couleur rouge. Tous ceux qui se sont intéressés à cette affaire ont essayé de mettre un nom sur cette créature mystérieuse : une hyène, un lion, une panthère, un loup-garou... »

Un document publié chez le libraire Deschamps à Paris évoquait une « bête farouche et extraordinaire qui dévore les filles dans la province de Gévaudan ». Sous une illustration qui évoquait un hybride de dragon et de hyène, on découvrait la description de cet animal redoutable établie à partir des témoignages de gens qui l'avaient vu de près : « il est beaucoup plus haut qu'un loup : il est bas du devant, et ses pattes sont armées de griffes. Il a le poil rougeâtre ; la tête fort grosse, longue et finissant en museau de lévrier ; les oreilles petites, droites comme des cornes ; le poitrail large et un peu gris ; le dos rayé de noir et une gueule énorme armée de dents si tranchantes qu'il a séparé plusieurs têtes du corps comme pourrait le faire un rasoir. Il a le pas assez lent et il court en bondissant. Il est d'une agilité et d'une vitesse extrêmes : dans un intervalle de temps fort court, on le voit à deux ou trois lieues de distance. Il se dresse sur ses pieds de derrière et s'élance sur la proie qu'il attaque toujours au cou... »

9. DÉCOUVERTE

Lundi 16 avril 2018 matin

« Devant la mort, toutes les querelles finissent. »
Émile Zola

En proie à un horrible cauchemar, Faustine se réveille en nage. Des rêves morbides la tourmentent. Elle s'assoit dans son lit en s'efforçant de respirer plus calmement. Cependant, le cauchemar avait l'air tellement réel ! Elle se souvient encore d'une silhouette figée et sinistre éclairée par la lune dans son jardin... Son malaise tarde à se dissiper. Elle tâtonne à la recherche de son smartphone qui marque 6 h 40. Soulagée, elle coupe la sonnerie qui doit se déclencher à 7 heures puis se remet sous les couvertures. La maison éveille en Faustine des sentiments contradictoires, à la fois de l'amour et de la crainte. Le charme de la vieille demeure reste tout-puissant mais la jeune femme se demande parfois si elle n'aurait pas mieux fait de s'éloigner du passé et de son cortège de fantômes et de souvenirs.

Vingt minutes plus tard, elle s'extirpe du lit pour se rendre dans la salle d'eau attenante. Elle prend une douche bien chaude puis coiffe son épaisse chevelure brune. Elle enfile ses vêtements et jette un coup d'œil rapide dans le miroir sans s'attarder sur l'image de la femme séduisante qu'il lui renvoie. Moins d'une demi-heure après avoir bondi du lit, Faustine se retrouve dans la cuisine préparant son café. Elle éprouve une grande solitude. La façon dont Jérémi l'a quittée l'autre soir la laisse perplexe. Elle se croyait désirable et avait l'impression de lui plaire. Mais elle s'est sûrement fait des idées : comment un homme aussi attirant et sexy peut-il s'intéresser à elle ? Il doit pouvoir s'offrir toutes les femmes qu'il désire...

Les nuages ont réapparu et Sainte-Lucie semble s'être enveloppée d'une étrange mélancolie. Soudain, la pluie se met à tomber comme un rideau oblique sur la vallée. Faustine finit par se lasser de ce spectacle et détourne son regard de la fenêtre. Elle se concentre sur l'intérieur de la maison et ne peut réprimer un sourire de satisfaction. Les travaux de rénovation ont fait un miracle ! La structure de la demeure a permis d'aménager trois belles chambres d'hôtes. Faustine dispose de quelques semaines pour achever leur décoration. Elle doit aussi penser à l'organisation car elle devra fournir des prestations hôtelières comme le petit déjeuner et le linge de maison. Il lui reste à trouver un boulanger à Marvejols. L'idéal serait qu'il puisse lui livrer le pain et des viennoiseries tous les matins à Sainte-Lucie. Sinon, elle devra faire une vingtaine de kilomètres aller-retour en voiture. Elle décide d'aller rendre visite au gérant du restaurant voisin pour voir comment il est organisé. Elle aurait tout intérêt à mutualiser les commandes avec lui.

Faustine est bien consciente que la seule beauté du cadre de vie n'est plus suffisante aujourd'hui pour attirer une clientèle de vacanciers de plus en plus exigeante. C'est l'emplacement de la maison de famille qui a décidé la jeune femme à la reconvertir en maison d'hôtes. La facilité d'accès offerte par la Méridienne, l'autoroute A75 qui relie Clermont-Ferrand à Béziers et qui passe tout près de Sainte-Lucie, a été déterminante. En plus, l'endroit bénéficie d'un attrait important grâce à la proximité immédiate du parc des Loups du Gévaudan, l'un des sites touristiques les plus visités de Lozère. Sans ces atouts indéniables, Faustine ne se serait pas lancée dans un projet à la rentabilité incertaine.

La future gérante de chambres d'hôtes sait qu'elle devra régulièrement faire des dépenses pour séduire, voire fidéliser, sa clientèle. Pour améliorer les prestations proposées aux personnes hébergées, elle a décidé de faire construire une piscine dans le jardin derrière la maison, à proximité de la terrasse. De cet espace agréable, ses futurs clients profiteront de la vue imprenable sur la Vallée de l'Enfer. Le terrain est suffisamment spacieux et l'endroit est ensoleillé la majeure partie de la journée. Faustine espère que la piscine générera auprès des vacanciers un coup de cœur et une irrésistible envie de dormir dans ses chambres ! Elle a déjà rencontré le constructeur et donné son accord pour le devis. Les formalités administratives ont été effectuées. Pourtant, elle émet encore des doutes sur cette idée d'équipement car, dans ce coin de Lozère, à mille mètres d'altitude, la piscine ne pourra être utilisée que quelques semaines par an au maximum, en plein été. Mais, rares sont les propriétaires de gîtes et de chambres d'hôtes de la région à en disposer. Ce type d'équipement de bien-être constitue donc un véritable atout pour attirer les clients et permet à une maison d'hôte de se distinguer au sein d'une offre de plus en plus abondante. Si la piscine peut constituer un élément déterminant dans le choix d'un hébergement, il serait dommage de s'en priver.

Un peu après huit heures, alors que la pluie vient de cesser, Faustine entend un bruit de moteur en direction de la route. Elle a rendez-vous avec Stéphane Trocellier, le pisciniste. Un homme grand et mince sort d'une camionnette. Deux employés le suivent. Après avoir salué Faustine avec un fort accent méridional, il commence par dérouler un discours bien rodé.

— Merci de nous avoir accordé votre confiance Madame, dit le constructeur avec un grand sourire commercial. Vous ne serez pas déçue par le modèle que vous avez choisi. C'est celui que nous vendons le plus en ce moment. Son implantation doit être étudiée en tenant compte de plusieurs critères : qualité du sol, ensoleillement, vents dominants, environnement végétal, intimité par rapport au voisinage, mais aussi valorisation de la maison et du terrain grâce à une intégration harmonieuse et esthétique... Notre entreprise mène et suit entièrement cette phase de chantier, du terrassement à la réalisation du gros-œuvre jusqu'au remblaiement final. Pourrions-nous voir le lieu où vous souhaitez installer votre piscine, s'il vous plaît ?

— Oui, bien sûr. Suivez-moi !

Faustine amène Stéphane Trocellier à l'endroit exact où elle souhaite implanter la piscine : une vaste parcelle herbeuse située juste à côté de la terrasse.

— J'ai choisi cet endroit car c'est la seule zone de mon terrain qui soit à peu près plane et utilisable, explique-t-elle. Le reste est en pente ou planté d'arbres.

— Je ne peux valider l'emplacement que sous réserve de quelques vérifications, dit Trocellier. Avec le terrain dont vous disposez, nous n'avons pas trop le choix, en effet. Si vous ne souhaitez pas abattre des arbres, c'est le seul endroit où nous pouvons placer la piscine. Celle-ci doit reposer sur un sol stable.

Le pisciniste commence le traçage de la piscine avec ses employés. Ils effectuent des mesures précises, placent des piquets et tendent des cordeaux, mesurent les diagonales pour déterminer les angles et le bon équerrage. Ensuite, ils définissent le point zéro qui doit correspondre au niveau de la piscine et servir de repère pour le terrassement. Tout doit être impeccable avant que la structure du bassin ne soit posée, pour éviter les complications et les défauts de construction. Comme la forme choisie par Faustine est simple et l'orientation bien définie, le traçage est terminé vers dix heures. Une étape déterminante pour la construction est franchie : la piscine a maintenant son emplacement.

Trocellier demande ensuite à ses employés de vérifier que rien ne traverse le sol ; on ne doit pas y trouver de conduits, de câbles ou de nappes phréatiques. Les ouvriers commencent à creuser et évacuer la terre, sans oublier d'en conserver pour le remblaiement.

Avec la construction de la piscine, Faustine est sur le point de finaliser son rêve de maison d'hôte. Mais, à peine les ouvriers commencent-ils à creuser le terrain qu'une sinistre découverte brise leur élan. À quelques dizaines de centimètres de profondeur, des jambes apparaissent. Les hommes continuent de retourner la terre. Et bientôt, c'est tout un cadavre qui apparaît au grand jour. Quand Faustine aperçoit le corps, elle émet un hoquet d'horreur étouffé et détourne rapidement le regard. L'odeur pestilentielle qui se dégage du trou l'incommode aussitôt ; elle a le cœur dans la gorge. Cependant, c'est déjà trop tard : cette vision d'horreur restera à jamais gravée dans sa mémoire. Après le choc, viennent l'effroi et la terreur. Tout se met à tourner autour d'elle. En proie à des vertiges, elle rejoint vite la terrasse pour s'y asseoir. Elle s'interroge : quel épouvantable drame s'est-il produit ici ?

À 10 h 38, le téléphone sonne à la gendarmerie de Marvejols. Un homme décroche. Une voix de femme résonne à l'autre bout du fil. Il ne lui faut pas beaucoup de temps pour y percevoir de l'inquiétude et du désarroi.

— Votre nom et votre adresse s'il vous plaît ? ... On arrive !... Surtout, ne touchez à rien ! dit le gendarme à son interlocutrice.

Après avoir raccroché, Alexis Chardaire se tourne vers un de ses collègues.

— Une femme a fait creuser une piscine dans son jardin et elle a fait une drôle de découverte. Tu ne devineras jamais !

— Ne me dis pas que c'est un cadavre ! s'exclame Vincent Astruc.

— Si, gagné ! Les ouvriers sont tombés sur un corps...

— À Marvejols ?

— Non, cette charmante trouvaille a été faite dans une propriété située à Sainte-Lucie, plus connue pour son parc à loups que pour ses cadavres !

Faustine vient de raccrocher le téléphone. Elle aurait dû être heureuse de sa nouvelle vie mais cette découverte macabre remet tout en question. La fatigue et le contrecoup des émotions l'ont épuisée. Il lui semble désormais qu'il n'y ait plus aucun plaisir à se trouver ici. Elle est oppressée, comme si elle était en manque d'oxygène. Le sentiment de liberté tant espéré s'est complètement évaporé en quelques minutes.

Le ciel pluvieux se déploie dans la grisaille. Deux gendarmes montent dans un véhicule et parcourent les neuf kilomètres qui séparent Marvejols de Sainte-Lucie. Une averse les saisit à leur arrivée. Faustine les attend à l'abri, sur le perron de sa maison. Les employés de l'entreprise de construction sont déjà repartis, particulièrement pressés d'aller déjeuner... La jeune femme vient à la rencontre des gendarmes en ouvrant un grand parapluie noir. Elle leur fait de grands signes pour indiquer sa présence. Ceux-ci se dirigent vers elle en portant des toiles plastifiées.

— Bonjour, je suis Alexis Chardaire. C'est moi que vous avez eu au téléphone tout à l'heure.

Sa voix et l'autorité avec laquelle il s'exprime démontrent une grande assurance.

Faustine guide les deux arrivants. Ils contournent la maison en direction du trou creusé par les piscinistes. Les gendarmes commencent à tendre avec difficulté une bâche pour protéger le cadavre de la pluie battante. Un moment, la toile leur échappe des mains et le vent l'emporte vers la terrasse où elle s'enroule autour d'une table en bois. Les gendarmes courent la récupérer et reviennent pour la fixer solidement. Le sol commence à se détremper et la bâche ruisselle.

Avec un temps pareil, Alexis Chardaire se dit qu'il va être difficile d'examiner le corps. Son collègue et lui installent une seconde bâche pour protéger l'endroit des regards indiscrets. Faustine pense que c'est plutôt inutile, car sa maison empêche de voir quoi que ce soit depuis la route. Et puis, avec un temps pareil, il n'y a personne à proximité. Faustine a juste aperçu son voisin Romain Lafont qui rentrait chez lui, sans doute pour déjeuner. Elle s'efforce de rester à distance du trou désormais recouvert. Depuis la macabre découverte, elle veille à demeurer le plus loin possible de ce qui représente pour elle l'horreur absolue.

Quand la pluie cesse enfin, Alexis Chardaire en profite pour écarter la première bâche et prendre des photos, des plans généraux et des gros plans. Vincent Astruc, son collègue, commence à installer un ruban pour délimiter un périmètre de sécurité. Le terrain de Faustine vient de se transformer en scène de crime. Alexis s'approche de la jeune femme.

— Ça va ? Vous tremblez ? demande-t-il.

Faustine n'ose pas lui répondre qu'elle tremble de peur. C'est plus fort qu'elle.

— J'ai froid ! dit-elle. Ça fait plusieurs heures que je suis dehors.

— J'ai quelques questions à vous poser.

— Dans ce cas, rentrons à la maison. Voulez-vous un café ?

Confortablement installé dans un fauteuil du salon, Alexis Chardaire poursuit.

— Nous allons attendre les techniciens d'investigation criminelle de la brigade de recherche. Mais ils ne viendront pas tout de suite.

— Dans combien de temps seront-ils ici ? demande Faustine, d'une voix tremblante.

— Pas avant une bonne heure. Peut-être deux. Ils sont sur une autre affaire à l'autre bout du département. Ce sont bien les restes d'un humain qui ont été déterrés dans votre jardin. Avez-vous une idée d'où ils peuvent provenir ?

— Je l'ignore, répond Faustine, étonnée qu'on puisse lui poser une telle question.

— Vous êtes propriétaire de cette maison ? poursuit le gendarme.

— Oui.

— Vous y habitez depuis longtemps ?

— Depuis quelques jours seulement. Cependant, cette maison a toujours appartenu à ma famille ; c'est un héritage. Mes parents y venaient tous les étés ; c'était leur résidence secondaire. Les deux dernières années, la maison est restée inhabitée car ils étaient gravement malades. Ils sont morts tous les deux l'an passé. J'ai fait réaliser des travaux cet hiver pour ouvrir des chambres d'hôtes à partir du mois de juillet.

— Je vois… Vous restez dans la région dans les jours qui viennent ? demande Alexis.

— Oui. J'habite ici maintenant ; c'est mon domicile.

— Votre famille aurait-elle pu enterrer un de ses morts dans son jardin autrefois ?

— Non, jamais ! s'exclame Faustine. J'imagine que j'aurais été au courant. Les membres de ma famille décédés reposent au cimetière de Sainte-Lucie et à celui de Saint-Léger-de-Peyre. C'est plutôt inhabituel d'enterrer les siens dans son jardin, non ?

— En effet, confirme le gendarme. Pour pouvoir enterrer quelqu'un dans sa propriété, il faut en demander l'autorisation. Je vais quand même interroger la mairie de Saint-Léger afin de vérifier s'il existe une déclaration ou une demande en ce sens. À moins d'enterrer un corps sans autorisation… Ce qui est rigoureusement interdit. Pourtant, c'est ce qui a sans doute été fait ici…

— Savez-vous depuis combien de temps repose ce cadavre dans mon jardin ?

— Nous l'ignorons pour l'instant. D'après les vêtements portés, les restes appartiendraient à une femme, mais des recherches doivent être effectuées pour déterminer de quand ils datent.

— Comment cette personne est-elle morte ?

— Nous ne pouvons évidemment pas écarter l'hypothèse d'un crime. Les expertises vont devoir s'attacher à déterminer les causes du décès. Il y a quelques années, au village de Serverette, on a découvert des squelettes devant deux maisons.

— Que s'était-il passé ?

— Les scientifiques ont établi que les ossements remontaient au XVIIIe siècle et appartenaient à des victimes de l'épidémie de peste qui avait sévi à cette époque-là. Comme on voulait éviter la contamination, on les avait enterrées sur place. Mais, ce qui est sûr, c'est que le cadavre découvert sur votre terrain ne date pas de cette époque... Ici, le corps est bien plus récent. Quelques années tout au plus. Les résultats des expertises de cet après-midi vont nous en révéler davantage.

Faustine aurait évidemment préféré que ce cadavre constitue une découverte archéologique.

— Vous m'avez dit que vous attendez qui déjà ? demande Faustine, confuse.

— Les TIC. Ils vont arriver cet après-midi.

— Les quoi ?

— Les TIC, les techniciens d'investigation criminelle. Si vous devez sortir, si vous avez une course à faire, vous pouvez y aller. Avec mon collègue, nous allons rester ici à les attendre.

Encore traumatisée par la macabre découverte, Faustine aperçoit, par la porte-fenêtre du salon donnant sur la terrasse, la bâche masquant le trou béant avec le macchabée dedans. Un cadavre enterré dans son jardin ! C'est le genre de mauvaise surprise dont elle se serait bien passée. Dans sa tête, tout se mélange, comme dans un mauvais rêve. La jeune femme s'attend encore à passer une nuit blanche. Trop d'ombres planent sur elle. Elle se sent tendue et lasse, et la vision des restes humains ne cesse de la hanter. Elle sent comme une épaisse couche de glace étreindre sa poitrine. Que de cauchemars en perspective ! Elle frémit en pensant au temps qu'elle a passé sur cette terrasse alors qu'un corps sans vie reposait sous terre à quelques mètres d'elle. Jamais elle n'aurait dû revenir à Sainte-Lucie !

Damien Theret ne travaille pas dans des locaux high-tech et ne roule pas dans une puissante voiture. Mais son quotidien dépasse parfois les fictions télévisées ou cinématographiques. Le jeune homme est un technicien en investigation criminelle. Son métier consiste à mettre la science au service des enquêtes. Il appartient à la Cellule d'identification criminelle et numérique (CICN) de Lozère qui représente le premier niveau d'appui spécialisé en matière d'investigation. Dans chaque département, il existe un tel groupe qui dépend de la brigade départementale de renseignement et d'investigation judiciaires.

Militaire, Damien vient d'avoir trente ans et fait ce métier depuis cinq ans déjà. Il l'a choisi car, selon lui, c'est un boulot qui a du sens et qui est utile à la société. Sa contribution dans la résolution d'affaires judiciaires graves est déterminante. Il aime surtout le travail sur le terrain ; il ne se voyait pas passer ses journées enfermé dans un bureau. Sa mission consiste à traquer les criminels à travers les traces qu'ils ont pu laisser sur leur passage : cela peut être une goutte de sang, du sperme, un poil ou une empreinte. Le technicien examine le monde de l'infiniment petit, à la recherche de preuves pour résoudre des enquêtes. Les dernières techniques d'investigation criminelle n'ont aucun secret pour lui.

En fin de matinée, un appel de la gendarmerie de Marvejols l'a informé qu'un cadavre a été déterré dans le jardin d'un particulier au hameau de Sainte-Lucie. S'agit-il d'un crime ? C'est le job de Damien et de ses collègues de répondre à cette question. Si leurs missions sont constituées de tragédies et de macchabées, leur travail a le mérite d'établir la vérité. Comme les médecins légistes, ils font parler les gens après leur mort.

Les gendarmes sont peu confrontés à des affaires de meurtre en Lozère, département le moins peuplé de France. Ils côtoient plutôt la petite et moyenne délinquance, comme les cambriolages. Le dernier crime marquant date de l'été dernier. Un molosse a agressé une lycéenne venue assister à la célébration des 250 ans de la mort de la bête du Gévaudan, à Saint-Chély-d'Apcher. Quelle ironie du sort : la fille a été dévorée, défigurée et retrouvée au pied de la statue de la bête, comme si cette dernière l'avait attaquée. L'animal qui a fait ça court toujours. Des prélèvements génétiques continuent d'être effectués sur des chiens de la région afin de pouvoir identifier le coupable.

Afin de mener à bien ses missions, Damien et ses collègues ont suivi une formation poussée, régulièrement entretenue. Ils sont dotés d'un fourgon spécialement aménagé, dédié aux interventions de constatations sur le terrain, ainsi que d'un plateau criminalistique permettant de réaliser un certain nombre d'opérations de découverte de traces de différentes natures. Ils peuvent déceler des empreintes digitales sur des supports très variés. Ils procèdent également à la révélation par procédé chimique de numéros de série ou d'identification limés sur des véhicules ou des armes. Ce que Damien préfère parmi toutes ses missions, c'est le traitement des scènes de crimes.

10. EXPLORATION

Lundi 16 avril 2018 après-midi

« La mort est un mystère, et la sépulture un secret. »
Stephen King

Alexis Chardaire accueille les trois techniciens d'investigation criminelle qui sortent de leur fourgon avec tout le matériel. Ils sont vêtus de combinaisons blanches intégrales et portent des masques afin d'éviter de contaminer la scène du crime. La terre retournée par les ouvriers le matin a été lessivée par la pluie. Les gendarmes ôtent la bâche et commencent à s'affairer autour du trou. Faustine garde d'abord ses distances puis disparaît à l'intérieur de sa maison.

Damien Theret est perplexe. Ici, on ne dispose pas de mobile apparent. On a simplement la dépouille d'une femme gisant à quelques dizaines de centimètres sous terre. Une mort anonyme pour une enquête qui s'annonce difficile. Les techniciens s'activent : protection de la scène, balisages, relevés... Ils procèdent à des constatations minutieuses visant à « fixer les lieux », c'est-à-dire à conserver des images et des relevés de mesure de la configuration de l'emplacement. Mémoriser la position des différents éléments est en effet primordial pour l'enquête. Les techniciens procèdent aux prélèvements à l'aide de pinces et de cotons-tiges. Ils mettent ensuite le fruit de leur collecte dans des sachets scellés et recensent et numérotent les indices. Ils exploiteront directement les prélèvements ou les feront parvenir au laboratoire de l'Institut de recherches criminelles de la gendarmerie nationale (IRCGN). Cette structure, qui constitue le soutien scientifique, réalisera les analyses et les expertises nécessaires. Les indices collectés s'avéreront peut-être déterminants, une fois confrontés aux conclusions de l'autopsie.

À côté du corps, les gendarmes découvrent une liasse de feuilles de papier très abîmée possédant quelques illustrations. On dirait des photocopies. Son contenu permettra peut-être d'orienter le travail et de faire avancer l'enquête. Un problème majeur se pose tout de même : les pages collées, qui ont séjourné plusieurs mois dans la terre, apparaissent inexploitables au premier abord. Elles seront envoyées au département document de l'IRCGN, basé à Rosny-sous-Bois. Les questions se bousculent. Qui est cette femme dont la vie s'est tragiquement achevée en ce lieu ? Sa mort est-elle criminelle ? À quand peut-elle remonter ? Que contient le document photocopié trouvé à côté d'elle ? Lui appartenait-il ? Seule certitude : la dépouille a longtemps séjourné là. Le cadavre présente de nombreux signes de décomposition avancée. Cet état complique la tâche des enquêteurs. Sur le terrain cerné par un cordon de sécurité, les investigations se poursuivent toute l'après-midi.

Alors que plusieurs heures se sont écoulées depuis la terrible découverte, Faustine tremble encore. Elle n'a rien voulu manger : absence totale d'appétit. Pour se changer les idées et pour s'éloigner du cadavre, la jeune femme décide d'aller rendre visite au gérant du restaurant du parc afin de voir avec lui s'il est possible de mutualiser les livraisons de pain et de viennoiseries. Elle souhaite absolument s'éviter les dix-huit kilomètres quotidiens nécessaires pour s'approvisionner à une boulangerie de Marvejols.

Le restaurant est situé à l'extérieur du parc des loups, à l'entrée de Sainte-Lucie, près de la grande croix en granite. Pour y accéder, Faustine doit traverser tout le hameau. Alors qu'elle contourne la magnifique bâtisse en pierre qui surplombe la Vallée de l'Enfer, deux chiens de chasse enfermés dans un enclos aboient bruyamment sur son passage. L'ancienne bergerie de Sainte-Lucie a été entièrement transformée pour sustenter les visiteurs du parc. Ceux-ci peuvent s'installer dans l'immense salle ou, si le temps est clément, sur une vaste terrasse. De l'intérieur ou de l'extérieur, le panorama est superbe. Faustine ne connaît pas le gérant actuel. Du temps où elle venait en vacances à Sainte-Lucie avec ses parents, l'établissement était géré par un couple charmant d'un certain âge qui a certainement pris une retraite bien méritée depuis. Elle a aperçu plusieurs fois un véhicule utilitaire blanc avec l'enseigne du restaurant mais elle n'a pas réussi à distinguer qui se tenait au volant.

À l'entrée de l'établissement, une ardoise affiche une cuisine traditionnelle de terroir : l'incontournable aligot-saucisse de la région à base de purée de pommes de terre et de tome fraîche, des assiettes de salades et de charcuterie, des menus pour « prendre le temps » et la suggestion du chef. L'endroit semble désert. Ne trouvant pas de sonnette à l'entrée, Faustine frappe timidement à la porte. Aucune réponse, aucun bruit à l'intérieur. Elle n'ose pas crier pour signaler sa présence. Pourtant, des lampes sont allumées à l'intérieur du bâtiment ; il doit bien y avoir quelqu'un. Elle tourne la poignée de la porte qui s'ouvre aussitôt. Faustine pénètre dans la bâtisse, traverse l'espace d'accueil, passe devant le bar situé à l'entrée et arrive dans la grande salle. Elle ne se souvenait plus que l'intérieur était aussi imposant : l'architecture locale est remarquable avec la charpente apparente, deux cheminées monumentales et des murs en pierre. L'atmosphère rustique est accentuée par des tables et des chaises en bois ainsi que par un immense lustre central fabriqué avec une roue de charrette. La salle principale doit posséder une capacité d'au moins soixante-dix couverts. Une autre plus petite, en mezzanine, peut accueillir une dizaine de personnes en plus. Le restaurant demeure silencieux et désert. Les derniers clients ont dû partir depuis un moment déjà car toutes les tables sont débarrassées et propres.

Un grand jeune homme brun au teint pâle apparaît soudain.

— Madame, le service est terminé. Le restaurant est fermé.

— Je ne viens pas déjeuner, répond Faustine. Je voudrais juste parler au gérant du restaurant.

— Il est occupé en cuisine...

— Dites-lui que je suis sa nouvelle voisine. J'ai quelques questions à lui poser.

— Je vais le prévenir de votre présence, répond le jeune homme d'un ton maussade. Mais je ne suis pas certain qu'il puisse vous recevoir immédiatement. Quel est votre nom ?

— Dalle. Faustine Dalle. Précisez-lui que j'habite à Sainte-Lucie.

L'homme, qui doit être un serveur, s'éloigne, peu enthousiaste à l'idée d'aller déranger son patron. Dix minutes plus tard, alors que Faustine, lasse d'attendre, est sur le point de quitter le restaurant, un homme d'une quarantaine d'années apparaît. Le jeune employé, lui, s'éclipse discrètement.

— Bonjour, Anthony Tichit, le gérant du restaurant, dit l'homme en tendant la main. Que puis-je faire pour vous ?

Anthony est grand et musclé avec des traits épais, des cheveux châtains en broussaille, poivre et sel sur les tempes et des yeux bleus qui semblent ne rien laisser échapper. Sa chemise blanche est froissée et déboutonnée au col. Tout en lui serrant la main, il fixe Faustine intensément pendant un moment qui paraît une éternité à celle-ci. Elle se sent tout près de perdre son assurance sous le regard qui ne faiblit pas. Elle a même un peu de mal à dégager sa main de l'emprise du restaurateur.

— Bonjour, je m'appelle Faustine Dalle. Je suis votre nouvelle voisine. Je viens de m'installer à Sainte-Lucie.

— Où ça ?

— Dans la seule maison qui n'appartient pas au parc des Loups du Gévaudan. Au fond du hameau.

— La baraque tout le temps fermée où il y a eu des travaux cet hiver, c'est ça ?

— Oui... Mais, elle n'est plus fermée depuis quelques jours. J'y habite maintenant.

— Ah ? Mais que venez-vous faire ici ? Toute l'activité de Sainte-Lucie est liée au parc des Loups du Gévaudan !

Plusieurs fois, Anthony soutient le regard de Faustine et ses yeux parcourent lascivement son corps. La jeune femme a la désagréable impression d'être déshabillée du regard.

— Je vais ouvrir des chambres d'hôtes cet été, déclare Faustine.

— Des chambres d'hôtes ici, ça ne va pas vous rapporter grand-chose !

— Pourquoi dites-vous ça ?

— Ici, nous sommes soumis à des aléas climatiques de montagne dont la neige et le froid. Nos activités sont saisonnières. J'espère que c'est un projet mûrement réfléchi !

— Je connais bien la région, répond Faustine, un peu agacée. Ma famille en est originaire. Les hivers y sont rudes, c'est vrai, mais je sais où je mets les pieds...

Anthony se plaint alors de la météo, de la rudesse du climat lozérien et de la difficulté de recruter du personnel pour le restaurant, tout en ne parvenant pas à détacher ses yeux de sa nouvelle voisine qu'il semble trouver à son goût.

— Personne ne veut venir travailler ici, se lamente-t-il. L'endroit est trop isolé. Je cherche actuellement des serveurs pour la période estivale et je ne trouve personne. L'année dernière, certains des jeunes qui travaillaient ici n'ont même pas voulu terminer la saison. C'est désespérant !

Anthony se montre aussi particulièrement tactile : alors qu'il parle, il se rapproche de Faustine, lui pose une main sur l'épaule ou sur le bras. La jeune femme en est gênée. Elle tente à plusieurs reprises de s'éloigner afin d'être hors d'atteinte mais Anthony est un vrai pot de colle.

— Votre restaurant est-il ouvert toute l'année ? demande Faustine.

— Mon restaurant ouvre au même moment que le parc des loups. C'est-à-dire tous les jours en périodes de vacances scolaires et seulement les week-ends et jours fériés en dehors. La fermeture annuelle se situe en janvier. En haute saison, mon établissement accueille du monde tous les jours le midi. Et le soir, c'est uniquement sur réservation. Le restaurant appartient à SOGELOZ, la société qui gère le parc animalier. Moi, je n'en suis que le gérant. Vous devez savoir que votre activité, comme la mienne, dépendra en grande partie de la fréquentation du parc.

— J'ignore quel sera le taux d'occupation de mes chambres d'hôtes, soupire Faustine.

— Je peux déjà vous dire que les douze gîtes du parc sont ouverts toute l'année et sont occupés pendant six mois par an en moyenne. Ça peut vous donner une idée de la fréquentation de vos futures chambres.

— Merci pour cette information, dit Faustine. C'est plutôt encourageant. Comment faites-vous pour le pain ? Vous êtes livré tous les jours ?

— Maintenant, oui. Je me fais livrer par une boulangerie de Marvejols. Mais auparavant, c'était ma compagne qui allait chercher le pain en ville tous les matins.

— Et elle ne peut plus le faire ?

— Non, elle ne vit plus ici. Elle a disparu…

À l'évocation de sa compagne, Anthony paraît soudain contrarié et troublé. Son regard en devient inquiétant. Faustine est de plus en plus mal à l'aise. Seule avec cet homme étrange et entreprenant, elle n'a qu'une envie : quitter au plus vite le restaurant. Elle commence même à avoir peur mais elle ne peut pas planter le gérant comme ça. Il lui faut trouver une explication. En plus, elle n'a pas obtenu ce qu'elle était venue chercher. Elle voudrait lui demander le nom du boulanger qui effectue les livraisons. Il faut absolument qu'elle dise quelque chose pour briser le silence pesant qui s'est soudain installé dans la salle.

— Quand votre compagne a-t-elle disparu ? finit-elle par demander.

Aussitôt a t-elle prononcé ces mots qu'elle les regrette. Quelle gourde ! Pourquoi n'a-t-elle pas changé de sujet de conversation ? Pourquoi remuer le couteau dans la plaie ? Cet homme est de plus en plus bizarre !

— Ça fait déjà deux ans, soupire Anthony. J'étais allé faire une course en ville. Je me suis absenté deux heures. Pas plus. Quand je suis revenu ici, ma compagne n'était plus là. Volatilisée. Elle ne disposait pas de véhicule. On ne part pas de Sainte-Lucie sans un moyen de transport. Toutes ses affaires étaient restées chez nous. Seuls ses papiers et sa carte bancaire avaient disparu. Je suppose qu'elle les avait sur elle.

— Et vous ne l'avez jamais revue ? demande Faustine, intriguée.

— Jamais. Aucune nouvelle.

— Vous avez signalé sa disparition à la gendarmerie ?

— Oui, évidemment. Mais on ne m'a pas pris au sérieux. Pas du tout !

— Comment ça ?

— Pour les gendarmes, c'était un départ volontaire ; elle était majeure. Selon eux, ma compagne était partie comme ça, sans prévenir…

— Vous n'y croyiez pas, vous ?

— Non, je n'y crois pas une seconde ! s'exclame Anthony, maintenant en colère. Je ne vois vraiment pas pourquoi elle serait partie, sans même me laisser un mot.

Faustine ne peut s'empêcher de penser que le caractère apparemment difficile d'Anthony pourrait être la cause du départ de sa compagne. Nul doute que son physique viril et musclé, ses attitudes de macho et son genre mauvais garçon peuvent plaire à certaines femmes. Mais Faustine perçoit aussi chez lui un caractère autoritaire et inflexible. Anthony est probablement un homme difficile à vivre. Et infidèle en plus. S'il faisait du rentre-dedans à ses clientes comme il vient d'en faire à Faustine, cela devait être insupportable pour la femme qui partageait sa vie.

Toujours embarrassée, Faustine prétexte un appel téléphonique pour prendre congé du restaurateur. Avant de quitter les lieux, elle obtient de lui le nom du boulanger de Marvejols. Malgré le vent froid qui fouette son visage, la jeune femme apprécie de se retrouver à l'extérieur. Elle n'est pas pressée de retourner chez elle. Le cadavre sous la bâche l'en dissuade. Elle est même terrorisée à l'idée d'y aller. Sa peur enfantine des fantômes ressurgit : une crainte irrationnelle prend le dessus. C'est alors qu'une pensée traverse son esprit et la glace : et si c'était le corps de la compagne du restaurateur qui était enterré près de sa terrasse ? Prise de panique, elle jette un œil derrière elle. Ouf ! Anthony ne l'a pas suivie. Heureusement, du restaurant, on voit à peine sa propriété. Il est impossible de distinguer la bande en plastique qui délimite l'endroit où repose le corps : le lieu est masqué par la maison de Faustine.

En se dirigeant vers son portail, la jeune femme aperçoit son voisin Romain Lafont qui sort de son garage. Il lui fait signe et s'approche d'elle à grands pas.

— Bonjour Faustine ! J'ai aperçu des gendarmes chez vous. Ils sont là depuis un bon bout de temps… Rien de grave, j'espère ?

Embarrassée, Faustine ne répond pas.

— J'ai vu qu'ils ont installé un périmètre de sécurité sur votre terrain, c'est bien ça ? ajoute Romain.

— Oui, vous avez bien vu, soupire la jeune femme.

— Que se passe-t-il ?

Faustine aurait préféré n'en parler à personne. Elle sait que, bientôt, la découverte macabre sera connue de tous les habitants du coin. Un tel événement ne peut passer inaperçu dans une zone aussi paisible et aussi peu peuplée. Tout le monde se connaît et les nouvelles circulent vite. À quoi bon dissimuler la vérité à son voisin ?

— Lors des travaux de ma future piscine, les ouvriers ont découvert un cadavre. J'ai appelé les gendarmes. Ils ont fixé ces bandes pour interdire l'accès au public. Des experts sont en train d'effectuer l'examen approfondi des lieux.

— Un mort se trouve sur votre terrain alors ? demande Romain, piqué par la curiosité.

— Oui, malheureusement, soupire Faustine. Ils emporteront le corps ce soir.

— C'est incroyable ! Qui cela peut-il être ? Cette découverte a dû constituer un choc pour vous...

— C'est le moins que l'on puisse dire... Et je suis terrorisée à l'idée de dormir cette nuit à quelques mètres du trou. Même s'il n'y a plus de cadavre dedans. Ma chambre donne sur la terrasse et je vois l'endroit de ma fenêtre. Je ne vais pas pouvoir fermer l'œil cette nuit.

— Je vous comprends, dit Romain, pensif.

— Je vais peut-être prendre une chambre d'hôtel à Marvejols. Cela m'évitera de passer une sale nuit. Ça me changera un peu les idées.

— Ce n'est pas la peine, réplique Romain. Je dispose de deux chambres dans ma maison. L'une d'elle est réservée aux amis de passage à Sainte-Lucie. Si vous le souhaitez, vous pouvez y dormir cette nuit.

Faustine ne s'attendait pas à une telle proposition de la part d'un homme qu'elle connaît à peine. Elle lui en est infiniment reconnaissante. Romain est son sauveur !

— Je ne voudrais pas vous déranger... murmure Faustine.

— Mais vous ne me dérangez pas ! C'est avec plaisir que je vous invite. On peut se rendre service entre voisins. Venez pour le dîner : je vous ferai goûter le tiramisu que j'ai fait. C'est ma spécialité !

— C'est vraiment gentil. J'accepte votre proposition alors ! Merci beaucoup. Je sais que ça peut paraître irrationnel mais je ne supporte pas l'idée de devoir dormir chez moi cette nuit.

— Je vous comprends ; on ne trouve pas un cadavre dans son jardin tous les jours ! Vous aimez la cuisine italienne ?

— Oui, j'adore ! s'exclame Faustine, soulagée de ne pas devoir passer la nuit prochaine dans sa maison.

Cependant, l'enthousiasme de Faustine redescend aussitôt. Elle n'aurait pas dû accepter si vite l'invitation ; elle n'a pas pour habitude de dormir chez un inconnu ou chez quelqu'un qu'elle connaît à peine. D'ailleurs, cela ne lui est jamais arrivé. Elle est d'une nature prudente, voire méfiante. Que sait-elle de Romain Lafont ? Pas grand-chose finalement en dehors du fait qu'il est le directeur du parc des loups... Elle prend certainement plus de risque en allant dormir chez un voisin dont elle vient juste de faire la connaissance qu'en restant chez elle à quelques mètres d'un endroit où un cadavre a été déterré... Ce corps a bien été placé là par quelqu'un... Et si c'était l'un de ses voisins ?

De retour chez elle, Faustine se rend directement dans la grande pièce à vivre. La première chose qu'elle voit, par la porte-fenêtre, est le trou autour duquel les gendarmes s'affairent. La terre retournée par le constructeur de piscine puis par les techniciens va lui rappeler pendant longtemps la découverte macabre. Faustine sait qu'elle aura du mal à trouver le sommeil pendant un certain temps. Et, quand elle finira par s'endormir, sa nuit sera peuplée de cauchemars. Dans sa tête, tout se mélange, comme dans un mauvais rêve. Pour la première fois, elle se demande si elle n'aurait pas intérêt à vendre la maison et à partir loin d'ici.

La perspective du dîner avec Romain l'oblige à penser à autre chose. Faustine n'est pas très enthousiaste à l'idée de dormir chez lui mais, maintenant qu'elle a accepté son invitation, elle n'a pas le droit de se défiler et va devoir assurer. Que risque-t-elle avec lui ? Il a l'air plutôt sympathique... Mais les tueurs en série ont-ils une apparence particulière ? En général, leurs voisins disent d'eux qu'ils étaient des gens sans histoire, des gens normaux... Elle se demande aussi combien de temps les gendarmes vont encore rester chez elle. D'un côté, elle est rassurée par leur présence ; il ne lui arrivera rien tant qu'ils seront là. De l'autre, elle est pressée qu'ils la débarrassent de ce cadavre encombrant.

Un quart d'heure plus tard, Alexis Chardaire la rejoint dans la pièce.

— Nous avons fini dehors, lui annonce le gendarme.

— Vous avez une idée de qui peut bien être cette femme enterrée dans mon jardin ?

— Non. Et nous ne connaissons ni les causes de son décès, ni la date à laquelle le corps a été placé chez vous. Pour le moment, rien ne permet l'identification. Nous allons essayer de faire « parler le cadavre ». Quand nous saurons plus précisément à quand remonte le décès de cette personne, nous pourrons comparer la date approximative avec le fichier des personnes disparues avant et pendant cette période dans la région. Ensuite, il faudra confronter l'ADN du corps avec celui des membres de leurs familles afin de confirmer l'identité. Nos techniciens vont aussi contribuer à apporter des éléments de réponse sur les causes de la mort. Dans cette affaire, la technique d'investigation va prendre une place primordiale dans le déroulé de l'enquête. Le cadavre est relativement récent : quelques mois ou quelques années. On n'a donc pas besoin de faire appel à un archéologue ! À la mairie, ils n'ont trouvé aucun permis d'inhumation concernant un terrain du hameau de Sainte-Lucie. Donc, il est possible que nous ayons affaire à un meurtre ou à un homicide involontaire. Quand le premier réflexe est d'enterrer un corps dans un jardin, on peut supposer que la mort n'est pas naturelle ! Tout ce que je peux affirmer pour l'instant, c'est que c'est une femme. Il faut être prudent tant que les analyses scientifiques n'ont pas validé les éléments de l'enquête.

— Vous allez bientôt emporter le corps ? demande Faustine, inquiète à l'idée qu'on puisse le lui laisser.

— Oui, les restes humains vont être envoyés au laboratoire de l'Institut de recherches criminelles de la gendarmerie nationale. Le cadavre y sera analysé et daté.

Faustine est soulagée.

— Je viens d'apprendre qu'une voisine a disparu il y a deux ans, ajoute-t-elle. Ce corps pourrait-il être celui de cette femme ?

— De qui s'agit-il ? Comment s'appelle-t-elle ? demande Alexis, étonné.

— J'ignore son nom mais c'était la compagne du gérant du restaurant, Monsieur Tichit.

— Je ne suis pas au courant de cette affaire, répond Alexis, dubitatif. Il faudra que je vérifie ça. Les techniciens vont devoir maintenant examiner l'intérieur de votre maison pour y faire des prélèvements.

— Des prélèvements de quoi ? demande Faustine. Je pensais que vous aviez terminé.

— Nous allons procéder à des relevés d'empreintes, rechercher d'éventuelles traces de sang au cas où la personne aurait été blessée ou tuée chez vous. Nous allons aussi relevé des traces d'ADN. Votre maison a été inhabitée pendant combien de temps ?

— Deux ans. Mes parents avaient de graves problèmes de santé et n'ont pas pu venir pendant toute cette période. Cependant, des artisans ont effectué de gros travaux cet hiver.

— Cela va compliquer les recherches… Et vous, vous habitez ici depuis quand ?

— Je suis arrivée le 11 avril.

— Il y a seulement cinq jours ?

— Oui, c'est ça.

— Vous avez fait le ménage depuis ?

— Oui mais je n'ai pas pu tout faire, soupire Faustine. Il y avait beaucoup de poussière à cause des travaux.

— Donc, depuis deux ans, personne n'est venu dans cette maison à part vous et les personnes qui ont effectué les travaux ?

— C'est ça. Plusieurs artisans sont intervenus dans la maison ces derniers mois : un maçon, un électricien, un plombier, un cuisiniste et un peintre.

— Il nous faudrait le nom et les coordonnées de toutes ces personnes, demande le gendarme. Nous serons amenés à les interroger. Vous êtes venue combien de fois ici ces dernières années ?

— Je n'avais pas habité cette maison depuis cinq ans. Ce sont mes parents qui s'en occupaient. Ils venaient l'été, en général. Quand l'année dernière, je suis allée à leur enterrement ici, j'ai préféré réserver une chambre dans un hôtel à Marvejols car le chauffage de la maison ne fonctionnait pas. J'ai fait la même chose cet hiver quand j'ai rencontré les artisans pour établir les devis des travaux.

— Tous ces travaux ont-ils été effectués en votre absence ?

— Oui, j'avais laissé un jeu de clefs de la maison à chaque intervenant.

— Chacun d'eux a pu venir ici à sa guise pendant toute cette période alors ? demande la gendarme.

— Tout à fait, mais il est facile de pénétrer dans ma propriété. Pas besoin d'avoir les clefs : le terrain est en grande partie délimité par un grillage mais le portail est bordé d'un muret qu'on peut aisément enjamber. N'importe qui aurait pu venir ici enterrer le corps.

— N'importe qui, j'en doute... Celui qui a fait ça avait certainement un mobile. D'où l'importance des prélèvements à l'intérieur de votre maison. S'il s'avère que la personne décédée y a laissé des traces, l'enquête prendra une tournure très différente. Vous n'avez jamais constaté d'effraction ?

— Non. Aucune.

— Jamais de cambriolage ?

— Non plus, vous l'auriez su s'il y en avait eu un.

La maison de Faustine est bientôt envahie par les techniciens. Ceux-ci se déploient et entreprennent une fouille méthodique à la recherche d'indices. Ils portent des gants en latex et sont équipés de trousses de prélèvement.

La jeune femme est soulagée quand les gendarmes quittent enfin sa propriété en fin de journée. Alors que les véhicules disparaissent de son champ de vision, elle ne peut s'empêcher d'aller vérifier que le trou est bien vide. Ouf, le cadavre n'est plus là ! La vie va pouvoir reprendre son cours. Cependant, la jeune femme a bien conscience que rien ne sera plus jamais comme avant. C'est comme si sa propriété avait été violée.

Faustine rentre vite dans sa maison par la porte-fenêtre de la terrasse. Elle s'allonge quelques minutes sur le canapé du salon. Son regard se pose sur l'horloge murale : il est plus de dix-huit heures. Elle n'a pas le temps de se prélasser ! Il faut qu'elle se prépare pour aller chez Romain Lafont. Surtout que son voisin a dû voir ou au moins entendre les véhicules des gendarmes quitter les lieux.

Dans la salle d'eau, l'image que lui renvoie le miroir fait peur à Faustine : elle a vraiment mauvaise mine avec son teint pâle et ses cernes. C'est le résultat désolant du manque de sommeil et de ses peurs. La jeune femme choisit des vêtements qui la mettent en valeur et se maquille légèrement. Elle n'est pas tout à fait satisfaite du résultat mais elle se juge présentable. Elle se demande comment elle va être capable de mener une conversation. Surtout que Romain Lafont n'est pas vraiment du genre bavard. Un peu avant dix-neuf heures, elle quitte sa maison avec soulagement, portant un petit sac de voyage qui contient une tenue pour la nuit et une trousse de toilette. Après avoir traversé la petite route qui sépare les deux propriétés, elle se retrouve devant la porte du directeur du parc et appuie sur la sonnette. Son voisin ne devait pas être loin car il lui faut très peu de temps pour venir lui ouvrir. Il l'accueille avec un grand sourire. Faustine remarque qu'il a fait lui aussi un effort vestimentaire ; il s'est changé et a troqué son sweat usagé contre une chemise claire. Il prend le manteau de Faustine et invite celle-ci à entrer dans son salon.

— On peut se tutoyer ? propose Romain.

— Oui. Bien sûr.

— Tu veux boire quelque chose avant de passer à table ?

— Non merci.

L'intérieur de la demeure a été refait à neuf récemment. Tous les murs sont peints en blanc. Aucune décoration n'y est suspendue. L'ensemble est impersonnel mais plaisant. Les quelques meubles présents dans la pièce sont en bois clair, probablement en pin. Romain invite sa voisine à s'asseoir à une table ronde couverte d'une nappe blanche. Il disparaît dans la cuisine attenante. Faustine ne peut détacher son regard des bûches en train de brûler dans la cheminée. C'est un spectacle qui l'apaise. Le calme revient en elle peu à peu. Quelques minutes plus tard, le jeune homme apparaît avec un plat fumant de linguine à la carbonara.

— C'est l'un de mes plats favoris ! s'exclame Faustine.

— J'ai visé juste alors... dit Romain avec un petit sourire satisfait.

Romain a réussi à mitonner un repas simple mais savoureux. Faustine le regarde manger. Ses yeux verts, bordés de longs cils, contrastent avec sa peau un peu mate et ses cheveux noirs. De sa silhouette mince émane une impression de force et il y a quelque chose en lui qui inspire à la fois la confiance et la sympathie. La jeune femme ne peut s'empêcher de le comparer à Jérémi : à peu près le même âge, mêmes cheveux épais et bruns, même accent méridional... Cependant, la comparaison s'arrête là. Bien qu'il soit plutôt séduisant, Romain ne possède pas la beauté sauvage et insolente du plombier. Et il est du genre introverti et discret ; il ne cherche pas du tout à se mettre en avant. Rien à voir avec le culot et l'assurance de Jérémi.

Faustine et Romain gardent un moment le silence en mangeant. La jeune femme en vient à se demander si sa présence met le directeur du parc mal à l'aise. Elle ne voudrait surtout pas que ce soit le cas. La fatigue ne l'aide pas à trouver des sujets de conversation mais elle finit par se lancer pour briser la glace.

— Vous êtes nombreux à travailler au parc des loups ? demande-t-elle.

— Nous sommes huit salariés permanents, répond Romain, ravi de ne pas avoir à démarrer la discussion. Pendant l'été, on a aussi, en plus, trois saisonniers qui sont chargés de l'accueil. C'est à cette période que nous recevons le plus de visiteurs.

— Je me suis toujours demandée s'il existe un lien entre l'affaire de la bête du Gévaudan et le parc des Loups du Gévaudan ?

— Bonne remarque ! Oui, bien sûr ! Ce n'est pas un hasard si le parc des Loups du Gévaudan a été implanté ici. L'affaire de la bête est à l'origine de sa création. C'est d'ailleurs pour ça qu'on a mis le mot « Gévaudan » dans son nom... On aurait très bien pu l'appeler « parc des Loups de Lozère » ! Cela aurait été plus logique puisque le Gévaudan n'existe plus !

— Le loup suscite encore autant de crainte, apparemment... dit Faustine. En tout cas, il fait beaucoup parler de lui dans les médias.

— Le magnétisme inquiétant de son regard et son hurlement ont fait beaucoup pour accroître sa mauvaise réputation, ajoute Romain. Le mythe de tueur d'hommes continue de lui coller à la peau, et on a mis longtemps sur le compte d'un ou de plusieurs loups les attaques qui, pendant trois années, ont ensanglanté la région. Entre 80 et 120 morts en tout. On ne connaît même pas le nombre exact de victimes ! En réalité, le loup a une peur panique de l'homme qui le lui rend bien.

— Comment devient-on directeur d'un parc animalier en Lozère ? poursuit Faustine afin de ne pas laisser le silence s'installer de nouveau.

— J'ai toujours aimé les animaux, les loups en particulier. Mon parcours est un peu atypique. J'ai passé toute mon enfance et mon adolescence à Marvejols. J'en suis parti pour faire des études de sciences. Tous les Lozériens qui choisissent de poursuivre après le bac à la fac ou dans des écoles sont contraints de quitter le département. Après mon diplôme, j'ai travaillé dans plusieurs zoos dans différentes régions de France. Et puis, j'ai été recruté ici. En fait, j'ai eu une chance incroyable ! J'ai toujours voulu retourner vivre ici mais cela ne me semblait pas conciliable avec mes envies et mes centres d'intérêt. J'ai attendu, sans trop y croire, qu'un poste se libère à la Réserve de bisons d'Europe de Sainte-Eulalie ou au parc des loups de Sainte-Lucie. Alors, quand l'offre d'emploi de directeur du parc a été publiée, j'ai immédiatement sauté sur l'opportunité qui se présentait !

— Tu as eu de la chance ! Et d'où vient ta passion pour les loups ?

— C'est peut-être un héritage familial, répond Romain, énigmatique.

— Tes parents travaillent aussi avec les animaux ?

— Pas du tout ! s'exclame Romain en riant. Ils étaient instits ! Maintenant, ils sont à la retraite. Mais Jean Chastel, celui qui a tué la bête du Gévaudan, était mon ancêtre. On a toujours parlé de lui dans ma famille.

— C'est incroyable ! Quelle coïncidence ! Tu es sûr que ce n'est pas une légende familiale ? Comment sais-tu que tu descends vraiment de cet homme ? Tu as fait ton arbre généalogique ?

— Non, je n'ai pas vérifié si c'était vrai. Cependant, mon arrière-grand-mère, qui s'appelait aussi Chastel, était originaire de La-Besseyre-Saint-Mary comme l'était Jean Chastel. J'ai toujours entendu parler de ce lien de parenté.

— Les légendes familiales sont tenaces et parfois fausses, prévient Faustine. Elles peuvent aussi bien lancer sur une mauvaise piste que permettre d'étonnantes découvertes. Dans un village, il y a souvent plusieurs familles qui portent le même nom sans forcément avoir un lien de parenté entre elles. Il faudrait que tu fasses des recherches généalogiques afin de connaître la vérité sur cette filiation.

— J'y ai pensé mais je ne sais pas trop comment procéder. Et puis, il faut beaucoup de temps, il me semble, pour retrouver ses ancêtres et remonter de génération en génération. Et du temps, je n'en dispose pas beaucoup.

— Sur ce point, tu as raison : c'est une activité chronophage et addictive. Quand tu commences, tu ne veux plus t'arrêter : tu souhaites toujours en savoir plus, remonter plus loin dans le temps. J'ai moi-même commencé à réaliser mon arbre généalogique il y a quelques années. Cependant, c'est beaucoup plus facile et rapide aujourd'hui. Inutile de se rendre aux Archives départementales pour consulter les registres où figurent les actes de naissance, de mariage et de décès : tout se trouve sur internet maintenant ! Si tu le souhaites, je pourrai t'expliquer comment procéder. Ou bien le faire pour toi ; j'ai l'habitude... Ce n'est pas compliqué mais il faut au préalable rassembler des papiers tels que les livrets de famille.

— Ce serait génial si tu pouvais m'aider à faire des recherches généalogiques ! Par où doit-on commencer ?

— D'abord, tu dois débuter l'enquête au sein de ta famille. Il faut récupérer des documents auprès de tes parents et de tes grands-parents. Fais des copies des livrets de famille que tu auras pu collecter. Il faut identifier toutes les communes dont sont originaires tes ancêtres. Ensuite, je pourrai aller télécharger les registres de l'état civil puis les registres paroissiaux.

— D'accord, je demanderai les papiers à mes parents.

— Parfais. À propos de Jean Chastel, tu dois bien avoir un avis sur la vraie nature de la bête du Gévaudan, toi qui connais bien les loups ? En tant que défenseur de cet animal, tu dois penser que toutes ces morts n'étaient pas causées par lui...

— C'est exact. Le gros canidé qui a été tué à l'époque était probablement un hybride né du croisement de deux espèces, le loup et le chien. Ce spécimen avait dû hériter des qualités athlétiques du loup, son endurance à la course par exemple. C'était peut-être une bête entraînée pour tuer. Il est impossible de dresser un loup à l'obéissance, comme on le fait avec un chien.

— Il y a peut-être d'autres faits qui pourraient disculper le loup.

— Tout à fait, confirme Romain. Les témoignages des victimes rescapées parlent d'une bête qui a toujours attaqué seule et qui ne ressemblait pas à un loup. Et puis, il y a toutes ces décapitations : les loups ne coupent pas la tête de leurs proies...

— Comment expliquer que la bête ait pu survivre alors qu'elle avait été touchée par les balles des chasseurs ?

— Elle était peut-être cuirassée comme cela se faisait de l'antiquité au XVIe siècle pour certains gros chiens. Cette cuirasse aurait été constituée de peaux de sangliers, ce qui explique la fameuse raie noire dont les témoins parlent et qu'on n'a pas retrouvée sur le cadavre de la bête tuée par Jean Chastel. Mais il faut savoir aussi que les fusils et les balles de l'époque n'étaient pas aussi efficaces que ceux dont nous disposons aujourd'hui... On a fait beaucoup de progrès sur les armes depuis, hélas !

Avant le dessert, Faustine ose enfin aborder le sujet qui la préoccupe depuis cet après-midi.

— J'ai fait la connaissance du gérant du restaurant aujourd'hui.

— Anthony ?

— Oui... Tu le connais bien ?

— Bien sûr ! répond Romain. Ici, tout le monde se connaît, tu sais. On n'est pas très nombreux !

— Il m'a dit que sa compagne avait disparu. Tu étais au courant ?

— Oui. Elle n'est restée que quelques mois ici. Anthony et sa compagne habitaient à Clermont-Ferrand avant de reprendre la gérance du restaurant du parc. Ils tenaient une pizzeria là-bas mais ça ne marchait pas trop. Venir ici a été une opportunité pour eux, d'autant plus qu'Anthony est originaire de Marvejols, comme moi. Mais Alix, sa compagne, une vraie citadine, ne s'est jamais plu ici.

— Pourquoi ?

— Elle trouvait l'endroit trop isolé. L'hiver a été pénible pour elle. Elle n'a pas vraiment supporté la rudesse du climat.

— Comment a-elle disparu ? demande Faustine.

— Anthony s'était rendu à Marvejols et, à son retour, elle n'était plus là. Elle était partie sans laisser un mot d'explication. Elle n'a plus donné signe de vie après.

— Étrange, non ? Anthony Tichit ne semble pas croire à un départ volontaire.

— Il est dans le déni. Alix l'a quitté car elle n'en pouvait plus. Elle a probablement découvert aussi que son compagnon avait eu une liaison avec une vacancière de passage. Ici, tout finit par se savoir : il est très difficile de se cacher...

Romain a l'air en effet bien informé mais ce n'est guère étonnant dans un hameau aussi peu peuplé que Sainte-Lucie.

— Le cadavre enterré dans mon jardin pourrait-il être la compagne d'Anthony ? insiste Faustine.

— Cela m'étonnerait, répond Romain interloqué. J'ai toujours été persuadé qu'Alix avait refait sa vie quelque part, loin d'Anthony.

— Mais le restaurateur a signalé sa disparition à la gendarmerie...

— Ça, je l'ignorais : il ne m'en a jamais parlé...

Le tiramisu fait par Romain est un régal. Faustine a les papilles qui brillent de gourmandise. Elle n'aurait jamais soupçonné les talents de cuisinier et de pâtissier de son voisin. La fatigue finit cependant par avoir raison d'elle.

— Je crois qu'il est temps pour moi d'aller me coucher. Tous ces événements m'ont épuisée.

— Je vais te montrer ta chambre.

Les deux voisins montent à l'étage qui comprend deux chambres, une salle de bains, des toilettes et un petit dressing. Le sol est entièrement recouvert d'un vinyle imitation parquet de couleur claire. Comme au rez-de-chaussée, les murs sont peints en blanc. La chambre d'ami, simple et fonctionnelle, comprend un lit double, une commode et une armoire en bois clair. Un miroir soleil en laiton au format XXL, accroché au-dessus de la tête de lit, et une grosse horloge ronde à chiffres romains en métal noir sont les uniques décorations de la pièce. Avant de fermer les volets, Faustine contemple le paysage. La vue est à la fois semblable et légèrement différente de celle qu'elle a de sa chambre. Le clair de lune envahit la pièce, effleure la commode et se pose sur la surface d'un mur. Le calme est revenu en elle. Après avoir refermé la fenêtre, elle se couche dans le lit douillet et s'enfonce dans les draps. Pas de craquement, ni de bruit suspect ici. On entend juste le hurlement des loups.

11. DISPARITION

Mardi 17 avril 2018

« Les disparus surgissent quand on ne les attend pas et ne répondent pas quand on les espère. »
Kéthévane Davrichewy

Dès l'instant où elle se réveille, Faustine est frappée par la lumière qui filtre à travers les volets, si chaleureuse et familière. Elle constate avec satisfaction qu'elle a passé une bonne nuit. Cela ne lui était pas arrivé depuis longtemps. D'habitude, elle dort plutôt mal dans les endroits qu'elle ne connaît pas. En ouvrant les volets, elle découvre un ciel pâle et l'aube qui s'étend sur la vallée. Il lui semble entendre des bruits de vaisselle en bas. Elle s'habille à la hâte et dévale l'escalier. Elle trouve Romain affairé dans la cuisine.

— Bonjour, Faustine ! Tu as bien dormi ?

— Comme un bébé ! Je te remercie encore de m'avoir accueillie. Chez moi, je n'aurais pas fermé l'œil de la nuit…

Faustine se sent revigorée par le petit déjeuner servi par Romain. D'abord, le délicieux morceau de fouace lui rappelle son enfance. Cette brioche au doux parfum de fleur d'oranger est une spécialité de l'Aubrac. Aujourd'hui, elle devient sa madeleine de Proust. L'odeur et la saveur de ce gâteau régional font soudain resurgir le souvenir de ses grands-parents disparus. Sa grand-mère servait toujours de la fouace au petit-déjeuner et ses parents allaient parfois en acheter à la boulangerie de Nasbinals, à une vingtaine de kilomètres. Faustine décide alors de perpétuer cette tradition familiale. Comment a-t-elle pu se priver de fouace pendant toutes ces années ? Elle boit la tasse de café bien corsé préparé par Romain. Ce breuvage fort et savoureux, dégusté à petites gorgées, la plonge presque immédiatement dans une douce euphorie. L'attitude bienveillante et chaleureuse de son voisin l'aide à surmonter son abattement. Malgré le sordide événement de la veille, le directeur du parc a réussi à lui remonter le moral.

— Tu vas bientôt au parc ? demande Faustine, la bouche pleine.

— Oui, je dois partir dans un quart d'heure... Beaucoup de travail m'attend. Nous allons continuer notre recherche des loups.

Faustine appréhende de retourner seule dans sa maison. Elle se sent bien avec Romain. Elle réalise qu'elle n'a jamais été aussi apaisée et détendue depuis son arrivée à Sainte-Lucie.

— Si tu dois aller travailler, je vais te laisser. Je te suis très reconnaissante de m'avoir hébergée cette nuit. J'ai pu enfin passer une nuit normale, sans cauchemar. Merci beaucoup, Romain.

La jeune femme est au bord des larmes ; son voisin fait mine de ne pas s'en apercevoir.

— C'est normal, Faustine. Rappelle-toi ce que je t'ai dit hier : il faut s'entraider entre voisins.

Alors qu'elle marche dans l'allée menant à sa maison, Faustine ne peut s'empêcher de penser à un terrible paradoxe. La Vallée de l'Enfer est habituellement un lieu paisible, magique, synonyme d'espace, de nature vierge et grandiose. Quand on descend au fond, on entend le doux murmure de la rivière roulant sur les pierres. Cependant, même dans cet endroit paradisiaque, la mort peut roder. La Vallée de l'Enfer porte finalement bien son nom aujourd'hui.

À la gendarmerie de Marvejols, Alexis Chardaire est en train de ranger des dossiers.

— Vincent, pourrais-tu me sortir la liste de toutes les femmes disparues et jamais retrouvées pendant ces cinq dernières années dans le département ?

— OK. Je m'en occupe.

— Tu as déjà entendu parler d'une disparition à Sainte-Lucie ?

— Non.

— Hier, la propriétaire du terrain où on a trouvé le corps m'a parlé de la disparition de la compagne du gérant du restaurant du parc. Ça te dit quelque chose ?

— Aucune disparition ne nous a été signalée à son sujet.

— Tu vois de qui il s'agit ?

— Oui, très bien. La femme en question avait déposé une plainte à la gendarmerie pour violences conjugales. Ça fait déjà plus d'un an, il me semble.

— Le restaurateur serait un homme violent alors ?

— Il a nié les faits à l'époque.

— Et cette histoire de disparition ? Il a porté plainte ?

— Non, pas à ma connaissance.

— Alors, il faudrait vérifier ! Pourquoi a-t-il raconté le contraire à sa voisine ? Peux-tu rechercher le nom de cette femme et te renseigner aussi sur ce qu'elle est devenue ?

— D'accord, je m'en occupe, répond Vincent Astruc.

Cette nuit-là, seule dans son lit froid, l'esprit et le corps tendus par les événements récents, Faustine se réveille d'un cauchemar. Cependant, c'est pour se retrouver dans un calme parfait, un profond silence. Elle n'entend pas de bruits suspects ; le calme règne. Pendant un court moment, la jeune femme reste hébétée. Puis, elle reprend peu à peu ses esprits et finit par se rendormir.

1 2 . S T U P É F A C T I O N

Mercredi 18 avril 2018

« Le désir et le plaisir arrivent parfois à vaincre la raison. »
proverbe latin

En début d'après-midi, alors qu'elle est en train de tondre l'herbe de son terrain, Faustine a la surprise de voir surgir sur la route principale de Sainte-Lucie la camionnette de Jérémi. Pendant un court instant, elle se demande chez qui il va. Quand le véhicule stationne devant son portail, elle n'a plus de doute.

— Salut, Faustine ! lance-t-il en descendant de sa camionnette. Comment vas-tu ?

En le voyant, la jeune femme ressent un mélange de surprise et d'excitation. Elle ne s'attendait pas à le revoir si tôt. Elle vient à sa rencontre.

— Je viens terminer les travaux, annonce-t-il avec un grand sourire charmeur.

— Je croyais que tu étais pris par un chantier ailleurs.

— J'ai réussi à me libérer cet après-midi. Après, mon planning est complet.

De la porte-fenêtre du salon donnant sur la terrasse, Jérémi aperçoit le trou béant et les rubans laissés par les gendarmes pour délimiter la scène.

— Que s'est-il passé ici ? demande Jérémi, intrigué.

— Tu ne vas pas me croire : on a trouvé un cadavre dans mon jardin, soupire Faustine.

— Tu plaisantes ? Tu es trop drôle Faustine !

— Pas du tout. Ce n'est pas une plaisanterie ! Et je ne pense pas que ce soit drôle ! Bien au contraire !

Faustine fait un bref résumé des événements à un Jérémi stupéfait.

— Tu sais, ce n'est pas la première fois… dit Jérémi.

— La première fois de quoi ? demande Faustine, intriguée.

— Qu'on retrouve un corps dans le jardin de quelqu'un. Un squelette a été déterré à côté d'une maison au village de Serverette, il y a quelques années. C'était une personne morte de la peste lors de l'épidémie de 1721 qui a fait beaucoup de victimes dans la région. Afin d'éviter la contagion, on enterrait les gens sur place. On ne prenait pas le temps de les transporter jusqu'au cimetière, surtout que celui de Serverette est situé à l'écart, à quelques kilomètres du village.

— Ici, ce n'est pas du tout le cas. Malheureusement… Selon les gendarmes, il semblerait que le cadavre enterré dans mon jardin soit bien de notre époque.

— Ils vont certainement procéder à une autopsie… Tu auras des nouvelles quand ?

— Je l'ignore. Ils ont aussi effectué des prélèvements dans toute la maison.

— Ils pensent que c'est un crime, alors ?

— Probablement. Pourquoi aurait-on voulu dissimuler le corps ici sinon ?

— Ils ont trouvé quelque chose ?

— Ils ne m'ont rien dit. De toute façon, ils doivent procéder à des analyses et je ne suis pas certaine d'être informée des résultats.

Surtout, s'ils ne trouvent rien. Et toi, comment se passe ton nouveau chantier ? Raconte-moi.

Jérémi se lance alors dans une longue description des travaux qu'il effectue chez un nouveau client à Nasbinals, à une vingtaine de kilomètres de Sainte-Lucie. Quand il se tourne vers elle pour lui parler, son regard descend comme une caresse de son visage jusqu'à sa poitrine. Faustine en est troublée. L'audace de son regard brûlant concrétise ce qu'elle avait imaginé lors de leur dîner à Marvejols. Maintenant, elle n'a plus de doute : il la désire.

Faustine suit Jérémi dans les escaliers et l'accompagne dans la salle de bains du dernier étage pour discuter des travaux à terminer. Quand ils arrivent devant l'emplacement de la nouvelle baignoire, le plombier pose son matériel. Il regarde la jeune femme dans les yeux et lui lance un sourire enjôleur. Faustine fond littéralement devant cet homme sublime. Elle ne sait pas comment réagir mais son magnétisme l'entraîne jusqu'à lui. Elle frissonne à son contact. Faustine lui pose une question mais elle n'a pas le temps de finir sa phrase qu'il passe l'un de ses bras derrière elle et l'attire à lui. Ses prunelles sombres se fondent dans les siennes. Ses doigts lui caressent le visage et se promènent dans ses cheveux. Bien que son étreinte soit légère, elle ne peut s'en défaire. Sa bouche souffle sur son visage. Jérémi brise le silence mais l'atmosphère reste la même.

— Je suis content de te revoir, Faustine. Tu sais que tu m'as manqué ?

Sa voix est chaude. Une lueur de désir traverse ses yeux. Le beau brun l'embrasse et déguste avec délicatesse sa bouche. Faustine se sent alors totalement envahie ; ses sensations ne lui appartiennent plus. Son corps s'enflamme sans qu'elle puisse avoir le moindre contrôle sur cet incendie qui la parcourt entièrement. Leur baiser se fait plus passionné et langoureux. La jeune femme fait taire toutes ses incertitudes et ses appréhensions et n'écoute plus que son désir. Elle s'abandonne à la passion que Jérémi fait naître en elle. Décidément, cet homme lui fait perdre la tête. Mais l'engouement de son partenaire ralentit peu à peu. Va-t-il encore s'éclipser pour ne pas lui accorder ce qu'elle espère ? Il exécute un mouvement de recul.

— Il faut que je me mette au travail, maintenant, dit le plombier calmement. Sinon, je n'aurai pas fini ce soir. Et si je ne finis pas ce soir, ta salle de bains ne sera pas prête à temps…

Faustine est effarée par la manière dont il se détourne d'elle. Elle est encore toute tremblante. Comment peut-il passer ainsi du chaud au froid ? Elle parvient tant bien que mal à prendre son courage à deux mains devant cet homme trop séduisant.

— Jérémi, à quoi tu joues avec moi ?

— Comment ça ?

Sa voix est légère et sa réaction déconcertante.

— Qu'attends-tu de moi ? demande Faustine, incapable de dissimuler sa déception. Tu m'aguiches et tu passes à autre chose. Tu souffles le chaud et le froid. D'abord, tu débarques sans prévenir, puis tu m'embrasses et après tu me laisses tomber. Je ne sais plus sur quel pied danser avec toi !

Jérémi la fixe d'un regard insondable. Il la dévisage avec une telle intensité que la détermination de la jeune femme s'envole. Il tend une main vers elle et saisit la sienne.

— J'ai envie de toi, Faustine. Mais j'ai cru comprendre l'autre soir que tu ne souhaitais pas brusquer les choses…

— C'était vrai l'autre soir, soupire-t-elle. Aujourd'hui, c'est un peu différent…

— La cliente est reine, murmure le plombier à son oreille.

La main de Jérémi s'empare alors de son corps. Il se presse contre elle, l'enlace. Faustine se perd dans ses yeux. Ils profitent en silence de l'instant présent. Elle se sent à nouveau désirable. Le regard du beau brun lui confère une soudaine assurance et elle glisse ses mains au creux de ses reins. Les lèvres de Jérémi recouvrent les siennes et le corps de Faustine vibre sous ses caresses.

Tout en continuant à l'embrasser, son partenaire la soulève. Elle crochète ses jambes à sa taille et noue ses bras autour de son cou. Il l'entraîne dans le couloir en direction de la chambre la plus proche et la dépose sur le lit. Son regard devient intense et possessif : des frissons parcourent le corps de Faustine. Elle se redresse et lui fait face. Il commence à la déshabiller. Le tissu des vêtements glisse le long de sa peau. Elle laisse son partenaire contempler son corps simplement couvert de ses sous-vêtements en dentelle noire. Le spectacle semble exciter Jérémi au plus haut point : il l'observe intensément. Faustine lui ôte ses vêtements à son tour. Il effleure doucement ses épaules du bout des doigts, dépose un baiser dans son cou puis lui dégrafe son soutien-gorge d'une main experte. Le beau brun la fait basculer sur le lit et place ses mains de part et d'autre de son corps. Il la surplombe.

Faustine essaye de se souvenir de la dernière fois où elle a fait l'amour. Cela remonte à trop longtemps : presque deux ans déjà... Son envie est d'autant plus forte. Comment a-t-elle pu s'en passer pendant tout ce temps ? D'un lent va-et-vient entre ses jambes, son partenaire lui signifie l'ampleur de son désir. Les seins de Faustine pointent contre son torse. La main de Jérémi s'immisce entre ses jambes et lui ôte sa petite culotte. La bouche de son partenaire goûte sa peau et ses baisers se font langoureux. Le feu se propage dans le bas-ventre de Faustine et un délicieux frisson parcourt tout son corps. Elle savoure ses baisers tendres et fougueux. Son désir est maintenant à son comble.

Dans la nuit, Faustine se réveille et regarde l'homme qui dort à côté d'elle. Elle n'a pas fait de cauchemar, cette fois. Peut-être faudrait-il que Jérémi s'invite plus souvent dans son lit ? Elle n'en revient pas ; elle ne s'explique pas comment elle a pu lui céder aussi facilement et accepté de le laisser passer la nuit avec elle. Une telle précipitation n'est pas dans ses habitudes. Elle se demande si sa légèreté est imputable à sa solitude ou à l'incontestable séduction de Jérémi. Probablement aux deux. Elle tente de considérer avec lucidité la passion qui grandit en elle. Il ne faut pas, pense-t-elle, avec une sensation de panique. Sa relation avec Jérémi n'a sans doute aucun avenir. Si elle tombe amoureuse de lui, elle risque d'en souffrir. Elle se rendort sans avoir pu trouver de réponse à ses doutes.

13. PROPOSITION

Jeudi 19 avril 2018

« Chacun est roi en sa maison. »
proverbe français

Le lendemain matin, Faustine est réveillée par le soleil dont les rayons filtrent à travers les volets de sa chambre. Sa main sort de dessous les couvertures et rampe jusqu'à la table de chevet pour attraper son smartphone. Neuf heures et quart. Elle roule ensuite sur le dos pour pouvoir se blottir contre Jérémi. Sa main explore et ne trouve rien, sinon des draps froids. Elle agrandit le rayon de ses recherches. Toujours rien. Elle allume la lumière. Jérémi n'est plus là ! Surprise, elle tend l'oreille mais la maison demeure silencieuse. Faustine se lève et se dirige, pieds nus, vers l'escalier. Elle n'entend personne en bas. La déception l'envahit : son nouvel amant s'est éclipsé sans même lui avoir laissé un mot.

Faustine est toujours contrariée par le départ déconcertant de Jérémi quand, vers 14 heures, on frappe à sa porte. Quand elle ouvre, elle découvre devant elle un homme âgé d'environ quarante-cinq ans qui affiche un large sourire factice ; sa bouche dévoile une impeccable rangées de dents blanches. L'individu arbore une barbe brune de trois jours et ses yeux sombres, sous d'épais sourcils, sont inexpressifs.

— Bonjour, je suis Pierre Blanquet, le dirigeant de SOGELOZ, la société qui gère le parc des Loups du Gévaudan. Je souhaiterais parler à Mademoiselle Dalle.

— Bonjour Monsieur, vous l'avez en face de vous.

Faustine le fait entrer et l'invite à s'asseoir sur le canapé du salon.

— Enchanté de faire votre connaissance, dit Blanquet d'un ton mielleux. Vous savez, j'ai très bien connu vos parents : des gens vraiment charmants. J'ai appris leur décès l'année dernière : je vous présente mes sincères condoléances.

Pierre Blanquet donne bientôt à Faustine l'impression d'un individu hypocrite et insaisissable.

— Vous êtes l'unique héritière de cette maison alors ?

— Oui, en effet. Je suis fille unique. Que puis-je faire pour vous ? demande Faustine avec une pointe d'agacement dans la voix.

— J'avais proposé à vos parents d'acheter leur maison.

— Je suis au courant. Ils ont toujours refusé de vendre.

— Je suis venu vous annoncer que ma proposition tient toujours. Je suis disposé à vous faire une offre si vous êtes intéressée, bien entendu.

— Ma réponse est identique à celle de mes parents : je ne souhaite pas vendre. Je ne suis pas intéressée. Inutile de revenir me voir : si un jour j'avais envie de vendre, c'est moi qui vous contacterais.

— C'est noté. On m'a dit que vous vouliez ouvrir des chambres d'hôtes ?

— Tout à fait : vous êtes très bien renseigné, Monsieur.

— Je ne suis pas certain que ce soit une bonne décision. Si vous pensez que vous allez pouvoir vivre avec les revenus issus de ces chambres, vous vous mettez le doigt dans l'œil.

— Pourtant, il paraît que les douze gîtes du parc sont occupés pendant six mois par an en moyenne. Ce n'est pas si mal !

— C'est exact, dit Blanquet. Mais comme vous venez de le dire, il s'agit des gîtes appartenant au parc des Loups du Gévaudan. Nous les louons depuis une trentaine d'années et nous avons pu fidéliser une partie de notre clientèle. Certaines familles reviennent chaque année ici car elles ont eu un véritable coup de cœur pour la région. Nos gîtes étant liés au parc des loups, nous proposons des réservations directement à partir de notre site internet qui reçoit de nombreuses visites. Vos chambres d'hôtes ne bénéficieront jamais d'une telle visibilité.

— Sans doute... J'ai bien conscience que le démarrage risque d'être difficile. Mais qui ne tente rien n'a rien, non ?

— À vous de voir... Mais, après ce qu'on a découvert sur votre terrain, je crains que cela devienne assez compliqué pour vous.

— Que voulez-vous dire ?

— Un cadavre enterré dans votre jardin, à l'endroit même où vous vouliez implanter votre piscine... Je ne suis pas certain que ce soit très vendeur ; il n'y a pas plus mauvaise publicité.

— Je vais peut-être attirer les amateurs de fantômes et de films d'horreur, réplique Faustine, d'un ton ironique.

— Trêve de plaisanterie, dit Blanquet. Si jamais vous changez d'avis, ma proposition tient toujours. Et j'espère que je serai le premier informé de votre décision de vendre... Vous ne voulez vraiment pas savoir combien je vous offre pour votre maison ?

— Non, je ne veux pas le savoir, répond Faustine en prenant à contrecœur la carte de visite que lui tend l'homme. Je vous répète que je ne suis pas intéressée. Vraiment pas.

— Mes coordonnées figurent sur la carte, insiste Blanquet. N'hésitez pas à me contacter. Au revoir, Madame.

L'homme se lève et quitte rapidement la pièce. Faustine n'a même pas le temps d'aller lui ouvrir la porte de la maison qu'il est déjà dehors. Désemparée par les événements de la journée, elle va chercher son livre et s'installe confortablement dans un fauteuil. Elle poursuit sa lecture.

14. EXÉCUTION

1765

Les battues organisées par le Capitaine Duhamel pour tuer la bête furent des échecs. Jean Charles Marc Antoine de Vaumesle d'Enneval, un grand louvetier normand du haras d'Exmes âgé de soixante-trois ans, se proposa au roi pour intervenir en Gévaudan. Il s'y rendit avec son fils Jean François.

La tournure politique que commençait à prendre l'affaire de la bête du Gévaudan inquiétait Louis XV. Le roi s'impatientait et voulait en finir vite. Avide de sensationnel, les gazettes françaises et européennes relayaient l'affaire. Dans le London Magazine, il était question de la bête poursuivie depuis six semaines par les dragons. Le roi était ridiculisé par la presse étrangère. Comment cette créature pouvait-elle le défier ? Les zones de prédation de l'animal s'étendaient peu à peu et une psychose collective s'installait, alimentée par la rumeur d'un monstre protéiforme. La gravité de la situation faisait désormais de la résolution de l'affaire un enjeu national. Louis XV dut alors s'impliquer personnellement.

Après un nouvel échec des battues, le roi décida de dépêcher ses propres hommes pour coordonner les opérations. Le 8 juin 1765, il ordonna à François Antoine, son porte-arquebuse âgé de soixante-dix ans, de traquer et tuer la bête, avec six autres bons tireurs et des chiens. Il s'agissait du responsable des chasses royales, l'officier qui portait le fusil des membres de la famille royale. Il jouissait d'un grand prestige et d'autorité. Il fut le seul chasseur envoyé par le roi. En 1717, il avait reçu de son père Jean-Marc Antoine, seigneur de Champeaux et porte-arquebuse de Louis XIV, la survivance d'une charge de porte-arquebuse du roi. Les Antoine, issus d'une longue lignée de la noblesse des Ardennes, s'étaient installés au XVIIe siècle à Saint-Germain-en-Laye et s'étaient placés au service du roi.

Quand il se rendit en Gévaudan, François Antoine était accompagné de son fils cadet Robert François Marc Antoine dit de Beauterne (1748-1821), alors âgé de 17 ans.

Selon François Antoine, la bête ne pouvait être qu'un loup ou plusieurs loups. Il atteignit le Gévaudan et la ville du Malzieu, le 22 juin. Dès son arrivée, il organisa des plans de chasse. La bête s'était établie dans la région des trois monts – Mont Chauvet, Mont Grand et Mont Mouchet – qui représentait un territoire assez impénétrable. Les forêts y étaient denses, les gorges et les ravins nombreux. François Antoine identifia les traces de la bête comme étant celles d'un « très gros loup ». Toutefois, la tâche fut plus difficile qu'il ne pensait. Le porte-arquebuse ne parvint pas immédiatement à débusquer l'animal.

Dès le mois de juillet, il rencontra des difficultés : le relief était accidenté et les habitants de la région se montraient méfiants. Il demanda de nouveaux chiens en renfort. Des nobles arrivèrent avec les leurs. À la mi-juillet 1765, François Antoine s'installa avec ses gardes au château de Besset, paroisse de La-Besseyre-Saint-Mary. Le 9 août, la bête fut débusquée près de Servières mais elle s'enfuit sans qu'on puisse l'abattre. Les chasseurs rebroussèrent chemin vers le Besset. Moins de trois heures plus tard, la bête égorgea une vachère à moins de 500 mètres du château où résidait le porte-arquebuse. Le

11 août, Marie-Jeanne Valet et sa sœur furent attaquées sur un pont, près de Paulhac. Heureusement, la jeune fille était armée d'une pique. Elle parvint à blesser profondément la bête au poitrail sur sept centimètres de profondeur. La créature prit la fuite.

Le 16 août 1765, François Antoine poursuivit la bête près du bourg de Saugues. Dans un bois voisin, deux garde-chasses à cheval, Pélissier et Lachenay, cherchèrent un passage. Tombant sur Jean Chastel et deux de ses fils, des habitants du coin, ils leur demandèrent si l'endroit ne cachait pas de tourbières. Les paysans lui répondirent par la négative. Les deux cavaliers firent avancer leurs montures, qui s'embourbèrent aussitôt. Les Chastel se moquèrent de la scène. Trempé, Pélissier les menaça de les conduire en prison. Le père et l'aîné des fils les mirent en joue avec leurs armes. Lachenay se jeta sur Jean Chastel afin de détourner son fusil. Les gardes rapportèrent l'incident à leur commandant. Sur la base du procès-verbal, François Antoine fit incarcérer les Chastel à la prison de Saugues. Les juges et consuls de la ville reçurent la consigne de ne les laisser sortir que quatre jours après leur départ du Gévaudan. Rien ne prouvait cependant que les Chastel cités dans l'affaire soient Jean et ses deux fils. Ce fut lors de cet épisode qu'on entendit parler de cette famille pour la première fois. Leur réputation sulfureuse était faite. Les agressions de la bête diminuèrent alors et certains y virent un lien avec l'emprisonnement des Chastel.

Le 20 septembre, après de longs mois de traque et d'échecs, François Antoine et son équipage se rendirent près de Saint-Julien-des-Chazes en Auvergne, au nord-est de Saugues. La bête n'y avait jamais été signalée auparavant mais un grand loup y commettait des ravages. Sur les lieux, François Antoine vit un énorme animal venir vers lui et lui tira dans l'œil avec sa canardière. Ce coup le fit reculer de deux pas. Le loup tomba mais se releva aussitôt. François Antoine, qui n'avait pas eu le temps de recharger, tira son couteau de chasse et retourna sa canardière pour assommer l'animal avec la crosse. Le garde-chasse Rinchard accourut et tira un coup de carabine. Le loup avança de quelques mètres et s'écroula. Mort. François Antoine en conclut que ce gros animal de soixante kilos et la bête du Gévaudan ne faisaient qu'un. Il s'empressa de la faire ouvrir par un chirurgien de Saugues et la fit naturaliser. Robert François Antoine dit de Beauterne conduisit à Clermont-Ferrand la bête tuée par son père aux Bois de l'Abbaye des Chazes en Auvergne avant de la présenter à Versailles au comte de Saint-Florentin, puis à la cour le 2 octobre 1765. Présentée à Louis XV, l'animal fut identifié par Buffon comme étant un très grand loup. Le roi déclara la bête du Gévaudan officiellement morte et les troupes royales quittèrent le Gévaudan. Définitivement. Louis XV autorisa son porte-arquebuse à porter dans ses armes un loup mourant pour honorer son fait d'armes.

L'intendant de justice de Clermont-Ferrand rapporta dans une lettre les soupçons à l'encontre du porte-arquebuse du roi : « On a dit que rien ne prouvait que le loup tué fût l'auteur de tous les maux ». Le consul de Saint-Chély-d'Apcher, déclara que « l'animal tué par Antoine n'était pas la bête qui avait fait tant de dégâts ; Antoine tua trois loups dans la même chasse et les conduisit à Paris en poste ; mais sans doute il n'en montra qu'un pour mieux jouer son rôle et faire croire que c'était la fameuse bête. Peut-être céda-t-il les autres à des gens qui les portèrent çà et là pour gagner de l'argent ».

Malgré le mécontentement général, François Antoine ne revint jamais en Gévaudan. Il continua de prétendre qu'il avait tué la bête. Il quitta ses fonctions en 1771, après avoir transmis en survivance ses deux charges de porte-arquebuse à ses fils et se retira dans sa maison de la rue Saint-Honoré à Versailles, située face à l'église Saint-Louis. Il mourut à Dax en 1771. Son fils Antoine de Beauterne resta peu de temps au service de Louis XV mais il devint le porte-arquebuse de Louis XVI puis celui de Napoléon 1er.

15. ESTIMATION

Vendredi 20 avril 2018

« On sent que les loups ce sont des bêtes avec lesquelles on peut s'entendre, sinon avec des paroles en tout cas avec des coups de fusil. »
Jean Giono

Chaque matin ou presque, quand le temps le permet, Romain Lafont fait un jogging seul. Il court sur les chemins de terre autour de Sainte-Lucie. Il adore depuis toujours l'activité physique. D'ailleurs, il a pratiqué de nombreux sports pendant ses études.

Après avoir pris une douche rapide et s'être changé, Romain marche d'un pas décidé jusqu'au parc qui n'est qu'à cinq minutes à pied de chez lui. Il aperçoit sur le parking visiteurs de nombreux véhicules. Une quarantaine de personnes sont attendues pour une battue dans l'enclos du parc scientifique des loups afin de les recenser : des agents de l'Office national de la chasse et de la faune sauvage et des gendarmes vont prêter main forte aux employés du parc.

En fin d'après-midi, le recensement est terminé mais la déception est grande. On s'attendait à un effectif de trente-deux animaux en prenant en compte celui qui est toujours dans la nature. Or, quarante loups ont été dénombrés, soit huit de plus que ce que Romain avait annoncé au départ. Cela signifie-t-il qu'il y aurait aussi plus de loups au dehors depuis la destruction de la clôture ? Comment expliquer une telle différence ? Sur les animaux qui se sont échappés, on en a rattrapé cinq et on comptait s'appuyer sur ce dénombrement pour déterminer combien de loups restaient dans la nature. Romain pensait qu'un seul animal n'avait toujours pas été repris. Or aujourd'hui, il n'est plus sûr de rien. Avec le résultat surprenant de la battue, personne ne peut plus dire avec certitude combien d'animaux sont encore à l'extérieur du parc. C'est d'autant plus embarrassant que la présence du loup en Lozère suscite régulièrement la controverse. Les associations d'agriculteurs ont réclamé à plusieurs reprises le comptage de l'ensemble des animaux du parc.

Les participants au recensement quittent les lieux les uns après les autres. Les employés du parc retournent à leurs postes. Romain, dépité, se retrouve bientôt seul avec Pierre Blanquet, le directeur général de SOGELOZ, la société gestionnaire du parc. Ce dernier semble furieux.

— Si des têtes doivent tomber, ce ne sera pas la mienne ! Tu es sur un siège éjectable Romain !

— Cela fait seulement deux ans que je suis ici, répond Romain. Je me suis basé sur les chiffres laissés par mon prédécesseur. Je ne vois qu'une seule explication à cet écart : il y a peut-être eu des naissances de louveteaux qui sont passées inaperçues.

— La situation actuelle est explosive ! Nous ne pouvons pas nous permettre d'approximations !

— Il faut peut-être se demander qui a endommagé la clôture du parc, réplique Romain. À qui profite cette effraction ? Celui qui a fait ça veut nous nuire. Moi, cela me paraît évident. Il y a des gens en

Lozère qui souhaite la fermeture du parc. Pour moi, ce sont des éleveurs ou des bergers qui ont fait le coup.

— Garde ça pour toi, s'il te plaît ! Sans preuve, tu ne dois accuser personne ! Laisse les gendarmes faire leur boulot. Il ne faut surtout pas se mettre les éleveurs à dos. Ils sont déjà assez remontés comme ça ! Ils poussent régulièrement des coups de gueule pour sauver leurs brebis. Plusieurs syndicats agricoles se sont déplacés à Marvejols aujourd'hui mais aucune action collective n'a encore été menée. Il faut à tout prix éviter des manifestations. Ce matin, des éleveurs du Mont Lozère ont eu la mauvaise surprise de découvrir neuf de leurs brebis tuées et deux blessées à l'issue d'une probable attaque de loups. Malgré la surveillance permanente d'un berger, le brouillard épais sur la montagne a rendu impossible le sauvetage des brebis. Le loup a toujours le dessus dans ces conditions ; l'homme ne peut pas y faire face. Les syndicats agricoles sont sûrs que ce genre d'incidents va se reproduire.

— Mais, il est peu probable que le loup échappé du parc soit responsable de cette attaque.

— Pour l'instant, notre loup n'est pas mis en cause. Notre parc est toujours considéré comme un atout touristique pour la Lozère. Ils font encore la distinction entre nos loups en semi-liberté et les loups sauvages sur les massifs. Mais notre recensement fantaisiste fait désordre. Nous ne serons plus pris au sérieux. En ce qui concerne l'effraction, elle peut aussi bien avoir été commise par des membres du mouvement animaliste qui ne supportent pas de voir des animaux en captivité. Il existe des extrémistes dans les deux camps, malheureusement.

— Nos loups ne sont pas en captivité mais en semi-liberté, rétorque Romain. Ce n'est pas la même chose ! Les loups sauvages, eux, ont fait leur retour en Lozère en 2011. Les éleveurs sont persuadés que la cohabitation entre brebis et loups n'est pas compatible. Je ne suis pas d'accord avec eux. Ils souhaitent pouvoir faire des tirs de défense sur les loups lorsque leurs brebis sont attaquées et réclament des louvetiers armés pour prêter main forte aux bergers en cas d'attaque. Ils veulent aussi que l'espèce soit régulée et qu'elle cesse d'être protégée. Je crains que la situation ne dégénère. L'effraction du parc n'est peut-être que le début des hostilités…

— Veux-tu te mettre à dos des bergers qui bossent 80 heures par semaine et qui n'ont pas le temps de profiter de leurs familles ? J'avais raison : tu n'as jamais été à ta place ici. Je n'étais pas d'accord sur ton recrutement au poste de directeur, il y a deux ans. Ce sont des membres du conseil d'administration qui ont soutenu ta candidature. S'il n'y avait eu que moi, ce serait Samuel Hermabessière qui occuperait ta place aujourd'hui. Et je pense qu'on n'aurait pas eu tous ces problèmes avec lui !

— C'est toi que le dis, répond Romain sèchement, contenant sa colère. Maintenant, il faut agir. Je propose de mettre en place la géolocalisation par puçage des loups afin que cette situation ne se reproduise pas.

16. RÉACTIONS

Mardi 24 avril 2018

« N'ayez pas de voisins si vous voulez vivre en paix avec eux. »
Alphonse Karr

Vers 10 heures du matin, alors qu'elle est occupée à jardiner, Faustine aperçoit Anthony Tichit, le gérant du restaurant, qui vient dans sa direction. Elle se demande où il peut bien aller. Plus il s'approche, moins elle a de doute : il vient chez elle. Elle n'a aucune envie de parler à ce bonhomme acariâtre et désabusé mais elle est bien obligée de lui répondre quand il lui fait un signe de la main pour la saluer.

— Bonjour ! J'aurais besoin de votre aide… Fantine.

— Bonjour. Pas Fantine. Mon prénom, c'est Faustine !

— Ah d'accord ! Pouvez-vous m'aider, Faustine ?

— Que puis-je faire pour vous ?

Quelques gouttes de pluie commencent à tomber. Et c'est bientôt une averse qui s'abat sur eux.

— Ne restons pas là ! crie Faustine. Allons discuter à l'intérieur !

Faustine et son voisin sont déjà un peu mouillés par la pluie quand ils entrent dans la grande pièce à vivre de la maison. Le restaurateur accepte le café qu'elle lui propose. La jeune femme n'est guère enchantée de sa visite mais elle est attachée aux bonnes relations de voisinage. Il n'y a pas beaucoup d'habitants permanents à Sainte-Lucie. Autant être en bons termes avec ses voisins et se rendre service mutuellement. Elle disparaît dans la cuisine attenante et revient bientôt avec deux tasses de café fumantes et des carrés de chocolat emballés.

— Vous faites bien les choses, Faustine ! s'exclame le voisin d'un ton mielleux.

— Alors, vous ne m'avez toujours pas dit en quoi je peux vous aider, dit Faustine en le rejoignant sur le canapé.

— J'aimerais que vous goûtiez ma nouvelle recette de ris de veau aux mousserons. D'habitude, je demande à Romain ou à Samuel mais, en ce moment, ils sont complètement accaparés par cette histoire d'évasion de loups. Et puis, pour une fois, j'aimerais bien avoir l'avis d'une femme…

— Pourquoi pas ? Vous souhaitez que je passe au restaurant ces jours-ci ?

Anthony ne répond pas tout de suite mais glisse sur le canapé, se rapprochant de Faustine.

— Pourriez-vous venir après-demain vers treize heures ? demande-t-il en lui posant une main sur le genou.

La grosse paluche du restaurateur remonte lentement vers la cuisse de Faustine. Celle-ci est très gênée de la situation incongrue et se sent rougir. Elle se demande comment elle va pouvoir se sortir de ce mauvais pas. Sur le moment, elle reste tétanisée. Elle n'a pas le temps de réagir que son voisin place déjà sa main sur son sein gauche et commence à la peloter. Elle se lève alors brusquement pour échapper à l'emprise d'Anthony Tichit mais ce dernier la retient en lui attrapant le bras qu'il serre d'une poigne ferme. Déséquilibrée, Faustine est obligée de se rasseoir sur le canapé.

— Fais pas ta pimbêche ! dit Tichit. Je suis sûr que t'es une petite vicieuse. T'es même une putain d'allumeuse. Tu crois que je n'ai pas deviné ton manège l'autre jour, quand t'es venue au restaurant ? Avec ton idée bidon d'achat de pain...

— Je suis venue pour vous proposer de mutualiser nos achats. Pas pour autre chose. J'aurais mieux fait de m'abstenir !

— Menteuse ! Tu adores jouer avec les hommes. Je t'ai observée avec Romain l'autre jour. Lui, il est trop occupé par son boulot au parc. Quand une femme lui tourne autour, il ne s'aperçoit de rien. Mais moi, je t'ai tout de suite démasquée.

— Vous êtes malade ! Allez-vous en !

— Tu sais t'y prendre pour faire monter la température...

— Sortez de chez moi !

— Tu crèves d'envie de baiser ! On fait ça où ? Ici, dans le salon ? Ou tu préfères dans ta chambre ? Ou alors sur la table de la cuisine ? Moi, ça m'est égal !

Faustine commence à paniquer. Le mot « viol » lui traverse l'esprit. Dans un instinct de survie, elle se saisit du lourd vase en albâtre posé à côté de la cheminée et le brandit d'un air menaçant

— Dégage ! Ou je vais appeler les flics ! hurle-t-elle.

Anthony Tichit se retrouve soudain face à une furie au visage rouge. La jeune femme séduisante s'est métamorphosée en démon. Décontenancé par sa détermination, il ne demande pas son reste. Il recule, fait promptement demi-tour, s'empresse de sortir de la maison sans dire un mot et Faustine le voit bientôt disparaître de son champ de vision. Elle s'empresse d'aller fermer la porte d'entrée à clef et vérifie que toutes les fenêtres du rez-de-chaussée sont bien closes. C'est à ce moment qu'elle réalise qu'elle tremble de tout son corps. Elle ne s'était jamais retrouvée dans une telle situation et frémit à l'idée de ce qui aurait bien pu lui arriver si ce vase n'avait pas été à portée de main. Elle demeure encore longtemps en état de choc.

Dans la soirée, Faustine reçoit la visite de Romain, totalement déprimé. Elle se rend compte très vite qu'il ne faudra pas compter sur lui pour lui remonter le moral.

— Vous avez réussi à récupérer le dernier loup ? demande Faustine.

— Non, toujours pas. Je suis épuisé par toute cette affaire. J'en ai assez !

La jeune femme n'a jamais vu son voisin aussi abattu. Elle décide de ne pas lui parler de la terrible visite d'Anthony Tichit. Elle ne connaît pas très bien la nature des relations entre les deux hommes et ne souhaite surtout pas accabler un peu plus son voisin qui semble complètement désemparé.

— Vous allez finir par le trouver, dit-elle se voulant rassurante.

— Je ne suis pas aussi optimiste que toi, dit Romain. Le temps passe ; l'animal peut être loin à l'heure qu'il est. Pour ne rien arranger, des brebis ont été attaquées par un ou plusieurs loups sur le Mont Lozère.

— Tu penses que c'est le loup du parc ?

— Je ne crois pas. Comment en être certain ? Il y avait du brouillard : personne n'a vu l'animal. Mais il y a autre chose qui m'inquiète...

— Qu'est-ce que c'est ?

— Les associations des agriculteurs de la région se disent scandalisées et stupéfaites par le résultat du comptage opéré vendredi dernier au parc scientifique.

Romain tend un journal à Faustine.

— Lis cet article ! Tu vas comprendre...

Faustine prend le périodique et lit l'article attentivement. Il y est question d'un communiqué de presse commun dans lequel les agriculteurs s'insurgent après l'effraction qui a permis à plusieurs loups du parc scientifique de s'échapper. Selon les syndicats agricoles, « quarante loups sont, à ce jour, présents dans le parc scientifique alors qu'il y a quelques jours on annonçait la présence de seulement trente-deux spécimens dont six échappés après l'effraction. Comment est-il possible d'annoncer avec certitude la fuite de six loups, alors que le nombre d'individus en captivité est totalement inconnu ? Du point de vue des syndicats, personne ne peut dire combien de loups se sont évadés et combien sont encore en liberté ; c'est une honte que des animaux considérés comme des prédateurs ne soient pas comptabilisés avec plus de rigueur ! Pour faire le parallèle, les éleveurs ne pourraient se permettre d'avoir trente vaches présentes dans leur bâtiment et seulement vingt déclarées auprès des services de l'État. Les syndicats demandent la démission du directeur du parc des Loups du Gévaudan et réclament que toutes les personnes à l'origine de ces manquements soient lourdement sanctionnées. Ils n'excluent pas des poursuites judiciaires à l'encontre du parc. »

— Tu n'avais vraiment pas besoin de ça... murmure Faustine. Tu vas réagir à ce communiqué de presse ?

— Je l'ignore pour l'instant. Ce n'est pas à moi de prendre ce genre de décision. Cependant, j'ai fait une proposition pour que ce problème de recensement ne se reproduise plus.

— Laquelle ?

— J'ai proposé que les loups soient désormais équipés de puces électroniques afin d'être localisables.

— C'est une bonne idée, Romain !

— Oui mais il faut que la décision soit prise officiellement. La géolocalisation par puçage des animaux doit faire l'objet d'une réunion entre l'Office national de la chasse et de la faune sauvage, la direction départementale de la protection des populations, et SOGELOZ, la société qui gère le site.

— Pierre Blanquet est ton responsable, alors ?

— Oui, tu le connais ?

— Un peu... Il est venu me voir l'autre jour pour me proposer d'acheter ma maison.

— Tu vas vendre ?

— Non, évidemment. Je vais mener mon projet de chambres d'hôtes jusqu'au bout. Si je me plante, j'aurais au moins essayé et je n'aurai pas de regrets plus tard. Blanquet te soutient-il ?

— Il a tout intérêt à le faire. Il m'a dit qu'il était d'accord avec le principe de la géolocalisation par puçage. Cependant, il m'a menacé : si des têtes doivent tomber, ce sera la mienne et pas la sienne.

— Charmant cet homme !

Des roulements de tonnerre contribuent soudain à rendre l'atmosphère pesante. Faustine n'aime pas les orages. Ils lui rappellent les soirs d'été de son enfance à Sainte-Lucie quand la foudre entraînait parfois des coupures d'électricité.

— Y a-t-il vraiment un problème de recensement des loups ? demande-t-elle.

— Oui malheureusement, répond Romain. Je l'ai découvert à l'occasion de cette battue. Je me suis toujours basé sur les données laissées par l'ancien directeur du parc. J'étais loin de me douter que les chiffres étaient inexacts. Le parc scientifique a en effet plus de loups que ce qui avait été estimé. Huit d'entre eux n'avaient pas été identifiés apparemment...

— Comment est-ce possible ? demande Faustine. À quoi est dû cet écart de huit loups ? C'est étonnant quand même !

— Avec Samuel Hermabessière, le responsable zootechnique du parc, nous sommes parvenus à la même conclusion : nous pensons que des portées de louveteaux n'ont pas été identifiées par le personnel. Le terrain est grand et les loups cachent leurs petits.

— En quoi cet écart de chiffres peut bien déranger les agriculteurs ?

— Ici comme ailleurs, la présence du loup oppose de façon récurrente les éleveurs de brebis, qui se plaignent de prédations régulières, et les organisations de défense des animaux. Des éleveurs et des élus locaux viennent de se constituer en Fédération nationale de défense du pastoralisme. Ils affirment que la cohabitation est impossible avec le loup car celui-ci restera toujours le prédateur de leurs troupeaux.

— Tu sais combien il y a de loups sauvages en Lozère ?

— Nous l'ignorons. Le loup est revenu en France par l'Italie et il est concentré dans le sud-est. Il a même vu sa population tripler en dix ans dans notre pays. L'ONCFS – c'est l'Office National de la Chasse et de la Faune Sauvage – estime leur population à près de 430 individus en France. Elle serait en forte croissance annuelle, de 20 %. environ. Et la Margeride, où nous sommes, figure parmi les treize nouvelles zones de présence permanente. Cependant, aucune meute n'a été observée pour l'instant ; seuls des loups solitaires ont été vus.

Des gouttes de pluie tombent du ciel et mouillent les carreaux. Sporadiquement d'abord, puis une pluie battante s'abat de nouveau sur Sainte-Lucie et fouette les fenêtres.

17. IDENTIFICATION

Mercredi 25 avril 2018

L'affaire du cadavre trouvé chez Faustine fait grand bruit dans la région. Il faut dire que la Lozère est un des départements français disposant du taux de criminalité le plus bas. Hormis la mort de la lycéenne attaquée par un chien, l'année dernière, lors de la célébration des 250 ans de la mort de la bête du Gévaudan, les deux derniers meurtres commis en Lozère remontent à l'an 2000 et à 2011. À chaque fois, ces affaires criminelles défraient la chronique et déclenchent d'insidieuses rumeurs.

La direction de l'enquête sur le cadavre déterré à Sainte-Lucie a été confiée à la Section de recherches (SR) de la gendarmerie de Nîmes. Un groupe d'enquête, dirigé par Mélanie Castanier, s'est constitué autour des gendarmes du Gard et du groupement départemental de Lozère. Le parquet de Mende reste particulièrement prudent sur l'affaire pour ne pas alimenter les rumeurs dans un secteur peu peuplé où tout le monde ou presque se connaît. Le procureur table déjà sur une enquête longue et difficile.

— J'ai des infos sur Alix Biancardi, déclare Alexis Chardaire avec un grand sourire.

— Sur qui ? demande Mélanie Castanier, absorbée dans l'étude d'un document.

Âgée de trente-sept ans, Mélanie possède une silhouette de sportive que lui confère sa pratique régulière de la natation. Ses traits, son teint mat, ses grands yeux pétillants et ses beaux cheveux noirs pourraient donner à penser qu'elle est d'origine andalouse mais il n'en est rien : c'est une Aveyronnaise née à Millau. Elle est officier de police judiciaire à la Section de recherches de la gendarmerie de Nîmes, ce qui lui a permis de suivre une formation complète en filature et techniques d'audition. La SR de Nîmes, qui couvre les départements du Gard et de la Lozère, comprend vingt-cinq militaires spécialisés dans des missions complexes telles que des dossiers de meurtre ou des trafics de drogue d'une certaine envergure. Mélanie travaille toujours en civil et roule en véhicule banalisé.

— Alix Biancardi est la compagne d'Anthony Tichit, le restaurateur de Sainte-Lucie. Nous avions son nom parce qu'elle avait porté plainte contre lui pour violences conjugales. Celui-ci aurait raconté à sa voisine qu'il nous avait signalé sa disparition, il y a deux ans. Alix Biancardi aurait quitté le domicile conjugal sans prévenir. Or, il ne nous a jamais alerté à ce sujet.

— Et alors ? Tu penses qu'il peut s'agir de la femme qui a été déterrée ?

— Non parce que j'ai pu retrouver sa trace, déclare Alexis, avec une pointe de fierté. Alix Biancardi habite actuellement à Montpellier où elle est serveuse dans un café. Elle a quitté volontairement le domicile de son compagnon, il y a deux ans. Elle a simplement refait sa vie ailleurs. Et elle est bien vivante ; ce n'est pas elle que nous avons retrouvée au fond du trou hier. Elle ne souhaite surtout pas que son ex-compagnon la retrouve. Elle est partie de son plein gré et ne veut plus jamais avoir de contact avec lui. S'il savait où elle se trouve, il serait capable de la harceler, selon elle...

— Très bien. C'était donc une fausse piste !

— Mais ça n'explique pas pourquoi il a raconté à sa voisine qu'il nous avait signalé sa disparition...

— Peut-être est-il dans le déni, suggère Mélanie. C'est le genre de type qui n'ose pas avouer que sa compagne l'a quitté comme ça du jour au lendemain, sans prévenir. Son amour propre en a certainement pris un coup !

— Que lis-tu ?

— L'institut médico-légal de Montpellier nous a envoyé le rapport d'autopsie du macchabée de Sainte-Lucie. Nous avons aussi reçu les premiers résultats des investigations des TIC.

— Quel est le motif de la mort ? demande Alexis.

— L'expertise médico-légale révèle un traumatisme crânien. Comme si elle s'était cognée la tête après avoir fait une chute. Le médecin mentionne l'état de décomposition avancée du cadavre qui a séjourné de longs mois dans la terre. Il a réalisé des prélèvements sur le corps, notamment sur les fémurs qui contiennent une concentration maximale d'ADN et sur des restes de matière organique. Une recherche à partir de l'ADN va être effectuée par un laboratoire spécialisé de Bordeaux. Les experts vont avoir recours à l'expertise mitochondriale, un procédé d'extraction d'ADN avec des résultats sûrs à 99,99 %.

— La mort remonte à combien de temps ? demande Alexis, avec un peu d'impatience dans la voix.

Pour la datation de la mort, les techniciens en investigation criminelle ont recours à l'entomologie légale, c'est-à-dire l'analyse des espèces d'insectes retrouvées sur le cadavre et à proximité, dans la terre, en examinant leur stade d'évolution. Un cadavre en décomposition implique la présence d'insectes. La colonisation peut survenir rapidement après le décès. Les insectes nécrophages occupent une part active dans le processus conduisant à la réduction squelettique. Leurs antennes sont munies de puissants chimiorécepteurs capables de capter des molécules odorantes pour repérer la source de nourriture que constitue pour eux un cadavre.

Plusieurs types d'insectes se succèdent sur le corps en fonction de son état d'altération. Ce phénomène naturel est utilisé en criminalistique pour estimer la date du décès d'une victime.

Il est possible d'évaluer le moment de la mort à un jour près par mois d'ancienneté du cadavre. Il suffit de situer dans le temps la date des premières pontes des insectes évoluant sur le corps dès l'instant où celui-ci est découvert. Au cours des trois premiers mois, plusieurs escouades se succèdent. Les premiers arrivent quelques minutes à quelques heures après la mort. Ce sont des mouches (diptères de la famille des Calliphoridae et des Muscidae) qui viennent pondre leurs œufs ou déposer leurs larves dans les orifices naturels. Les suivants (des diptères Calliphoridae et Sarcophagidae) arrivent après un mois, attirés par une odeur prononcée due à la fermentation et à des bactéries. Suivent des coléoptères (Dermestidae) et des lépidoptères (Tineidae) qui arrivent au neuvième mois suivant la mort, attirés par les odeurs de graisse rance. Entre trois et six mois, les diptères (Syrphidae, Piophilidae, Muscidae) et coléoptères (Cleridae) sont attirés par une odeur de fermentation caséique. Quatre à huit mois après le décès, la fermentation ammoniacale attire d'autres diptères (Muscidae, Phoridae) et d'autres coléoptères (Silphidae, Histeridae). Six à douze mois après le décès, une escouade d'acariens dessèche le cadavre. Un à trois ans après la mort, des coléoptères (Dermestidae) et des lépidoptères (Tineidae, Oecophoridae) se nourrissent du cadavre desséché. Après trois ans, la huitième escouade des coléoptères (Tenebrionidae, Ptinidae), fait disparaître les débris laissés par les escouades précédentes.

— La mort remonte à environ dix mois, répond Mélanie Castanier en reposant le rapport sur son bureau. Donc, en juin ou juillet 2017. Maintenant, nous allons pouvoir procéder à l'identification de la victime. Nous avons la date approximative de la mort mais pas encore le résultat des prélèvements d'ADN. Combien a-t-on de disparitions non élucidées de femmes en Lozère d'avril à juillet 2017 ?

Alexis regarde la liste des disparues qu'il a constituée sur les cinq dernières années.

— On dispose d'une seule disparition dans le secteur sur cette période, répond-il. Il s'agit d'Olympe Chauvet, seize ans, habitante de Marvejols.

— Je me souviens. Cette affaire a fait beaucoup de bruit l'année dernière. Elle avait disparu après avoir participé à une soirée à Marvejols. C'est bien ça ?

— Oui, tout à fait. Il faut dire que nous n'avons pas beaucoup de disparitions non élucidées dans le secteur.

— Afin de confirmer l'identité du cadavre, on va déjà faire des prises de sang aux membres de la famille d'Olympe Chauvet. On comparera ensuite leur patrimoine génétique avec le résultat des analyses sur les échantillons prélevés sur le corps. Peux-tu me retrouver le dossier de cette disparition ?

L'année dernière, cette affaire avait mobilisé toutes les ressources de la gendarmerie. La disparition d'Olympe Chauvet avait été signalée aux autorités le dimanche 18 juin 2017 par ses parents, inquiets de ne pas voir leur fille à la maison le dimanche matin. La lycéenne s'était rendue, seule, à une soirée, à Marvejols, où elle devait retrouver des amis. On estime à une centaine le nombre de jeunes qui sont passés dans la salle louée pour l'occasion au bord de la Colagne, la rivière qui traverse la ville. Les organisateurs n'avaient pas été en mesure de fournir la liste des personnes présentes. Il n'y avait pas eu d'invitations : juste une annonce sur Facebook et le bouche à oreille. Olympe était domiciliée et scolarisée à Marvejols. Elle n'a plus donné signe de vie depuis cette soirée. Personne ne semble avoir vu la lycéenne quitter la salle. Elle était vêtue d'un jean slim, d'un tee-shirt blanc et d'une veste noire. Son téléphone portable n'a pas été activé depuis cette nuit-là. Dès le signalement de sa disparition inquiétante, un appel à témoins a été lancé et une enquête ouverte. Les gendarmes ont envisagé toutes les hypothèses : accident, mauvaise rencontre, fugue, enlèvement...

Des fouilles minutieuses avaient été entreprises dès le dimanche pour tenter de retrouver la lycéenne dans les environs de Marvejols. Des dizaines de gendarmes et de techniciens avaient été mobilisés pour ces opérations : un véritable travail de fourmi dans cette région enclavée. Ils avaient passé deux sites au crible. D'abord, ils avaient exploré le Truc du Midi, une butte calcaire dans un paysage pittoresque. Sur son versant ouest, cette montagne forme un petit plateau nu se terminant brusquement par une belle falaise. À l'est, la montagne est boisée et plus accidentée. Les recherches à cet endroit n'avaient rien donné. Puis, ils avaient fouillé attentivement La Vallée de l'Enfer. Les investigations s'étaient finalement concentrées autour des rivières, la Crueize et la Colagne. Les gendarmes avaient ratissé leur lit et rayonné autour pour tenir compte du courant et de l'éventuel mouvement d'indices qui auraient pu être déplacés au gré des flux... Une tâche laborieuse et minutieuse. Un hélicoptère avait longuement survolé la zone. Des heures de recherche interminables effectuées sur le terrain n'avaient donné aucun résultat. Après plusieurs semaines d'investigation, la jeune fille était demeurée introuvable. La saison estivale approchant, les autorités s'étaient montrées très discrètes à propos de cette affaire peu médiatisée malgré les moyens importants déployés.

— J'ai aussi des infos au sujet des papiers trouvés à côté du cadavre, annonce Mélanie. Au terme d'un long travail de décollage des pages du document, l'équipe de l'IRCGN a dévoilé le contenu. Et tu sais quoi ? Les photocopies concernent l'histoire de la bête du Gévaudan !

— Qu'est-ce-que ça signifie d'après toi ?

— Je trouve qu'on parle beaucoup de la bête du Gévaudan depuis l'année dernière. D'abord, il y a la mort de Chloé Bouquet, la lycéenne attaquée par un chien à Saint-Chély lors de la célébration des 250 ans de la mort de la bête du Gévaudan. Elle s'est produite juste une semaine après la disparition d'Olympe Chauvet. Le week-end d'après ! Les deux filles avaient toutes les deux le même âge. Elles étaient dans la même classe de première au lycée de Marvejols où elles habitaient. Elles étaient amies. D'après ses parents, Chloé avait failli ne pas participer aux festivités de Saint-Chély car elle était très affectée par la disparition d'Olympe.

— Il aurait mieux valu qu'elle n'y aille pas en effet, soupire Alexis.

— Ça fait beaucoup de coïncidences, tu ne trouves pas ? interroge Mélanie.

— La vie est aussi faite de coïncidences…

— Deux amies, élèves de la même classe au lycée, mortes à une semaine d'intervalle dans des conditions étranges… Les circonstances du décès de Saint-Chély n'ont toujours pas été élucidées. On n'a jamais retrouvé le chien responsable de l'attaque. Chloé a été retrouvée défigurée au petit matin. Son autopsie a fourni la cause du décès : une hémorragie consécutive à plusieurs morsures aux bras, aux jambes, au cou et la tête. On a retrouvé la salive et des poils de l'animal sur elle. Les deux morts ont donc un rapport indirect avec la bête du Gévaudan.

— Tu crois que la bête est de retour ? demande Alexis, d'un ton ironique.

— S'il s'agit bien du corps d'Olympe à Sainte-Lucie – cela reste à confirmer – elle a été enterrée avec les photocopies d'un document concernant cette vieille affaire, poursuit Mélanie en ignorant la remarque de son collègue. Et l'autre fille a été retrouvée sans vie au pied de la statue de la bête. Je trouve ça vraiment étrange !

— Tu penses à un tueur en série qui voudrait reproduire le schéma criminel de la bête du Gévaudan ?

— Pas vraiment, soupire Mélanie. Depuis l'année dernière, il n'y a pas eu d'autres crimes ou d'autres disparitions dans la région. Ça n'a rien à voir avec une série.

— Sachant que la bête du Gévaudan a fait une centaine de morts, on n'en est loin en effet ! Je ne sais pas s'il faut aller vers cette piste. Dans un cas, nous avons une mort causée par les morsures d'un animal, dans l'autre il s'agit d'un choc à la tête. Ce n'est pas la même chose. Et puis, une vingtaine de kilomètres séparent les deux endroits où sont mortes les filles.

— Je reste persuadée qu'il y a un lien entre les deux...

Mélanie est dubitative. Son intuition lui dit que les morts sont liées, mais sa raison ne trouve pas d'explication.

18. GÉNÉRATIONS

Lundi 30 avril 2018

« Oublier ses ancêtres, c'est être un ruisseau sans source, un arbre sans racines. »
proverbe chinois

Depuis son installation à Sainte-Lucie, Faustine n'a jamais vu un ciel aussi noir et menaçant. Il ne va pas tarder à pleuvoir. Il est sept heures du matin quand on frappe à la porte d'entrée de la maison. Faustine, occupée à l'étage, descend l'escalier et va ouvrir.

— Hello ! dit Romain. J'ai vu de la lumière allumée chez toi, alors je me suis permis de venir. Je ne te dérange pas ?

— Bonjour Romain. Non, tu ne me déranges pas. Entre ! Je me suis réveillée tôt. Qu'est-ce qui t'amène ?

— J'ai vu mes parents ce week-end et je suis venu t'apporter le livret de famille que mon père m'a fourni pour les recherches généalogiques.

— Génial ! répond Faustine. Tu veux prendre un café ?

Le directeur du parc ne se fait pas prier. Ils s'installent dans la cuisine de Faustine et savourent le breuvage chaud.

— Avec ton livret de famille, je vais pouvoir me mettre au travail dès ce matin ! Surtout qu'il va certainement pleuvoir ; ils l'ont annoncé à la météo. Que sais-tu de ton prétendu ancêtre Jean Chastel ?

— C'était, paraît-il, l'un des meilleurs chasseurs du Gévaudan, un très bon tireur. Sa solide connaissance de la chasse et des lieux a sans doute fait la différence avec les autres hommes qui ont participé aux battues. Mais les Chastel avaient aussi une réputation de sorciers. L'un des fils, Antoine, a même été accusé, dans plusieurs ouvrages, d'avoir été le meneur de la bête, donc le responsable de toutes les attaques. Beaucoup de rumeurs ont été colportées à leur sujet, mais la plupart sans fondement.

— Alors, pourquoi y a-t-il eu toutes ces accusations sur la famille Chastel ?

— Des gardes avaient été envoyés par le roi pour chasser la bête, raconte Romain. Les Chastel leur ont donné volontairement de mauvaises indications et ils se sont embourbés. Ce délit leur a valu la prison. Et, curieusement, pendant leur emprisonnement, le nombre d'attaques de la bête a sensiblement diminué.

— Je comprends mieux maintenant, dit Faustine. Tu as un peu de temps avant d'aller travailler ?

— Une demi-heure. Pas plus. Pourquoi ?

— J'aurais voulu te faire visiter l'intérieur de ma maison pour avoir ton avis. La décoration est presque terminée.

— Oh ! Je ne suis pas certain d'être la bonne personne pour porter un jugement : je n'y connais absolument rien !

— Ce n'est pas grave ! s'esclaffe Faustine. Je n'ai pas besoin de l'avis d'un expert en déco.

La décoration rustique chic souhaitée par Faustine n'a rien de vieillot. Au contraire, elle l'a voulue intemporelle. La jeune femme a opté pour une ambiance pleine de charme, d'authenticité et d'élégance. L'aspect chaleureux prédomine dans la demeure ancienne empreinte de calme. Dans le fond de la grande pièce à vivre du rez-de-chaussée, un mur en pierres est mis en valeur. Le rebord de la cheminée a été peint en blanc. Les poutres apparentes en bois donnent un cachet indéniable à la grande pièce. Pour mieux les faire ressortir, le plafond a été aussi repeint en blanc.

Faustine a accordé une place importante à la luminosité tout en créant une ambiance cosy. Elle a veillé à ne pas surcharger la décoration d'objets inutiles. Au centre de la pièce, elle a gardé la table de ferme rustique aux dimensions généreuses, Elle a aussi conservé quelques meubles ayant une histoire. Elle en a repeint ou patiné certains en blanc pour plus de modernité. Les chaises anciennes ont été mélangées avec des modèles plus design. Elle a gardé le canapé en skaï aux teintes claires. Du fer forgé a été disséminé par touches sur des accessoires et des étagères. Dans la cuisine attenante, le mobilier est en bois clair. Les plans de travail, le tabouret et la petite déco murale donnent le côté moderne.

Faustine et Romain montent ensuite au premier étage. Le parquet grince alors qu'ils se dirigent vers les chambres décorées dans le même style que les pièces du bas. Seules quelques petites touches de couleur bleue ont été ajoutées pour le côté un peu romantique. Faustine a donné de la vie et un côté joyeux en disposant dans les chambres des lampes, des petites tapis ronds, des plaids et des coussins. De nombreux miroirs en laiton ou en fer forgé ont été fixés aux murs. La peinture blanche omniprésente est là pour apporter de la luminosité et une touche de modernité. Les salles de bains ont adopté un côté rustique avec des baignoires îlots sur pied, une petite table d'appoint en bois et une suspension rétro.

Silencieux, Romain la suit pendant toute la visite en jetant parfois un œil à son téléphone. Il a soudain l'air absent.

— Ça ne va pas ? demande Faustine. Tu as l'air préoccupé...

— Le préfet de Lozère a pris un arrêté autorisant l'Office national de la chasse et de la faune sauvage à abattre le loup encore en liberté en cas de danger. Je suis désolé mais je dois te quitter maintenant. On m'attend au parc.

— Pas de souci. Je comprends.

— Merci d'avance pour tes recherches généalogiques. Tiens-moi au courant. J'ai hâte de savoir !

Lorsque Romain arrive devant l'entrée du parc des loups, une quinzaine de manifestants brandissant des banderoles occupent les lieux. Il comprend immédiatement que des représentants des éleveurs et du pastoralisme font le siège du site.

— Que voulez-vous ? demande Romain à un homme qui semble être le meneur.

— Nous revendiquons le droit de faire nos propres analyses ADN pour déterminer l'origine de la bête qui s'attaque à nos troupeaux sur le Mont Lozère. Nous remettons en cause les prélèvements réalisés par l'Office national de la chasse et de la faune sauvage. Nous pensons que le loup qui s'est échappé du parc est coupable. Si c'est lui qui fait des dommages, il n'est pas protégé par la Convention de Berne et peut donc être abattu.

Le face à face est tendu. Seul contre ce groupe d'individus remontés, Romain ne fait pas le poids. Comment va-t-il se sortir de ce mauvais pas ? Il constate que les portes du parc sont heureusement restées closes. C'est à ce moment que plusieurs véhicules de la gendarmerie font leur apparition. Le directeur du parc est soulagé ; il ignore comment les événements auraient pu évoluer sans l'intervention des forces de l'ordre. Les manifestants auraient fini par s'introduire dans la réserve.

Romain sait qu'il doit son salut au responsable zootechnique du parc, Samuel Hermabessière. Pourtant, son employé ne l'apprécie guère ; une sourde rivalité pourrit leurs relations depuis son arrivée. Samuel est difficile à gérer mais il peut être d'une efficacité redoutable. Il arrive toujours le premier au parc le matin. En voyant les manifestants débarquer, il a dû prendre la décision de ne pas ouvrir les portes et a appelé les gendarmes. Bonne initiative ! Samuel travaille au parc depuis presque trente ans. Il veille jalousement sur ce qu'il considère comme son domaine. Il a même une fâcheuse tendance à croire que le parc lui appartient. Romain n'ignore pas qu'il avait posé sa candidature au poste de directeur du parc il y a deux ans. Il convoitait le poste depuis longtemps. Quand Romain, plus jeune et plus diplômé, a été nommé, Samuel l'a très mal vécu. Ce dernier a mené la vie dure à son rival les premiers mois. Aujourd'hui encore, leurs rapports demeurent un peu difficiles. Romain possède des compétences techniques et scientifiques mais avait très peu d'expérience de management. Au fil du temps, il a réussi à s'imposer. Samuel semble avoir fini par reconnaître les capacités et le professionnalisme du nouveau directeur, même s'il vise toujours son poste.

Les forces de l'ordre commencent à déloger les hommes en colère. Le meneur est embarqué pour être placé en garde à vue.

— Nous n'en resterons pas là ! crie l'individu avant de monter dans le véhicule des gendarmes.

Les éleveurs repartent sans les échantillons d'ADN qu'ils sont venus réclamer.

Pierre Blanquet, le dirigeant de SOGELOZ, arrive au parc une heure plus tard. Il entre dans le bureau de Romain Lafont, visiblement agité et énervé.

— L'information est officielle cette fois-ci : elle émane de l'ONCFS, l'Office national de la chasse et de la faune sauvage. On a détecté la présence inhabituelle d'un loup de Mongolie dans le secteur de la Margeride. Or, d'ordinaire, ce sont les loups de lignée italo-alpine qui peuplent le territoire.

— Comment le sait-on ?

— Les échantillons de poils et d'urine recueillis sur place laissent peu de doute, même si des analyses complémentaires sont en cours. Pour l'ONCFS, la probabilité d'une arrivée naturelle de cet animal sur le territoire lozérien est faible. Ils enquêtent donc pour en identifier la provenance.

— En quoi sommes-nous concernés ? demande Romain qui se doute de la réponse.

— Pour certains éleveurs, il pourrait s'agir du loup échappé du parc suite à l'acte de malveillance.

Faustine est satisfaite : le livret de famille de Romain va lui permettre de démarrer l'enquête généalogique. Elle va concentrer ses recherches sur la branche paternelle censée conduire à Jean Chastel qui vivait du temps de Louis XV. Il s'agit de remonter, génération par génération, jusqu'à cet ancêtre. Faustine s'installe confortablement dans la pièce à vivre et branche son ordinateur portable. Assise sur le canapé, elle le met en route et tape son mot de passe. Elle se sent l'âme d'un détective. Elle commence à chercher sur internet l'existence d'éventuels arbres généalogiques concernant la famille Chastel. Elle en trouve plusieurs et les compare. Apparemment, plusieurs généalogistes se sont déjà penchés sur les origines du tueur de la bête. Elle note les lieux et les dates de naissance et de mariage des descendants de Jean Chastel qu'elle a pu trouver. Jean Chastel est né le 31 mars 1708 au village de Darnes, dans la paroisse de La Besseyre-Saint-Mary en Haute-Loire, autrefois située dans la province du Gévaudan. Il y est mort en 1789 à l'âge de 80 ans. Il était garde chasse et s'était marié le 22 février 1735 avec Anne Magdeleine Charbonnier. Ils avaient eu neuf enfants, nés entre 1736 et 1749.

La seconde étape consiste à vérifier l'exactitude des données trouvées. Patiente et persévérante, elle télécharge sur le site internet des Archives départementales de la Haute-Loire les registres paroissiaux correspondants, fait défiler les pages et étudie certains actes. Après avoir vérifié la véracité des informations trouvées, elle décide de passer à l'arbre généalogique de Romain.

Le point de départ est la date de naissance du grand-père du directeur du parc, à Marvejols en Lozère. Mais la mère de celui-ci s'appelait Chastel à la naissance et était née à La Besseyre-Saint-Mary, le village de Jean Chastel. Faustine explore les actes de l'état civil et remonte peu à peu le temps et le fil des générations. Elle parvient sans difficulté à la période de la Révolution. Avant 1792, les registres étaient tenus par les curés des paroisses. Ils comprenaient les actes de baptême, de mariage et de sépulture. Faustine ne peut plus se détacher des documents. Grâce à Romain, elle est en train de vivre une aventure passionnante ; elle a l'impression de mener une enquête policière tout en faisant un travail d'historien. En remontant d'un ancêtre à l'autre, du fils au père à chaque génération, elle arrive enfin à Jean Chastel.

Faustine n'a pas vu le temps passer. Il est presque 21 heures. Elle a faim. Elle prend le temps d'envoyer un bref SMS à Romain :

« Jean Chastel est bien ton ancêtre. Bonne soirée ! »

La jeune femme ouvre la porte de son réfrigérateur et jette un coup d'œil à l'intérieur : des restes de poulet, des tomates, de la salade et des œufs durs. Ça fera l'affaire. Après avoir rapidement dîné, elle s'installe de nouveau devant son ordinateur et poursuit ses recherches. Elle est surprise par l'important nombre de pages trouvées sur internet à propos du personnage de Jean Chastel. Se retrouvant face à de nombreuses informations contradictoires, elle décide de mettre un terme à sa lecture.

Faustine est perturbée. Elle songe à l'effraction du parc des loups et la découverte macabre sur son terrain. Ça fait beaucoup d'événements dramatiques en peu de temps pour un hameau aussi petit que Sainte-Lucie. À son anxiété s'ajoute la déprime : elle n'a toujours pas de nouvelles de Jérémi. Non seulement il est parti en douce de chez elle, mais il ne se manifeste pas. Avec ce qui s'est passé entre eux la dernière fois, il n'a pas pu finir les travaux de la salle de bains du dernier étage. Elle a tenté plusieurs fois de l'appeler mais elle tombe systématiquement sur sa boîte vocale. Elle se résout à lui envoyer un nouveau SMS.

Il est tard. Faustine décide d'aller se coucher. Elle jette un dernier coup d'œil à son smartphone. Toujours pas de réponse de Jérémi. Elle est profondément déçue et ne peut s'empêcher de penser à la nuit qu'ils ont partagée. C'était un moment magique, trop beau pour être vrai. Surtout trop beau pour durer... Elle s'est toujours demandé si Jérémi était un homme pour elle. Maintenant, elle sait que ce n'est pas le cas. C'était comme un mirage. Elle a bien peur de n'avoir été qu'un coup d'un soir pour le jeune plombier. Mais pouvait-elle s'attendre à autre chose qu'une aventure sans lendemain avec lui ?

La jeune femme ne parvient pas à s'endormir. Ses angoisses sont de retour. Des visions macabres l'obsèdent. Elle aimerait pouvoir les oublier à jamais : elle revoit sans cesse le corps au fond du trou creusé par les ouvriers. Pour se changer les idées, elle reprend la lecture de son livre en allant directement au chapitre concernant Jean Chastel, le célèbre ancêtre de Romain.

19. EXTINCTION

1765-1767

Officiellement, le monstre était mort et l'affaire classée en 1765. Sa dépouille avait été envoyée au château de Versailles et avait satisfait la curiosité de la cour. Il n'était plus question d'aide royale : les habitants du Gévaudan restèrent seuls face à la bête. À partir d'octobre 1765 et pendant toute l'année 1766, l'histoire s'avère difficile à retracer. Pendant cette période, les rapports officiels furent inexistants ; Versailles ne communiqua plus avec les intendants des régions au sujet de l'affaire. Seuls les registres paroissiaux tenus par les curés – les actes de sépulture notamment – et quelques documents témoignèrent des attaques de la bête. Selon les autorités, il s'agissait de banales attaques de loups.

Les populations locales ne voulaient plus accueillir de nouveaux chasseurs étrangers dont la présence s'avérait coûteuse à la province déjà très pauvre. Le marquis d'Apcher, un seigneur local, prit alors la direction des chasses et des battues.

Dès novembre 1765, des rumeurs de nouvelles attaques se répandirent. Les agressions reprenaient alors que les Chastel venaient d'être libérés. En 1766, on dénombra 24 morts et 37 attaques. Jusqu'à octobre, on dénombrait quatre ou cinq victimes par mois. Ensuite, les agressions s'espacèrent. Le nombre réel de victimes fut probablement minimisé, certains décès n'ayant volontairement pas été imputés à la bête pour ne pas contrarier les autorités.

Marie Denty, âgée d'environ 12 ans, fut dévorée le 16 mai 1767 et inhumée le lendemain dans sa paroisse. Fait étrange : Jean Chastel signa l'acte de sépulture dans les registres paroissiaux. Des auteurs récents ont prétendu que Chastel aurait effectué un pèlerinage en Margeride et fait bénir trois balles fondues à partir des médailles de la Vierge Marie qu'il portait à son chapeau. Les sources d'époque ne font pas état de ces faits. Pure invention d'écrivains ?

Le 18 juin 1767, on rapporta au jeune marquis d'Apcher que la bête avait été aperçue, la veille, sur les paroisses de Nozeyrolles et de Desges. Dans ce dernier lieu, au village de Lesbinières, elle aurait tué Jeanne Bastide, âgée de 19 ans. L'aristocrate décida aussitôt d'organiser une battue le lendemain au mont Mouchet, dans le bois de la Ténazeire. Quelques volontaires l'accompagnèrent. Parmi eux se trouvait Jean Chastel, excellent chasseur âgé de cinquante-huit ans. Ce dernier était connu sous le sobriquet de « la Masca », autrement dit « le fils de la sorcière » en occitan. Il signait fréquemment les registres paroissiaux. Dans les documents, il était identifié par son métier : laboureur, brassier ou cabaretier au fil des ans. Jean Chastel savait lire et écrire, ce qui n'était pas très courant à son époque. Sa signature était sophistiquée comme celle d'un notaire. On lui a attribué une ascendance noble : son grand-père aurait été le fils illégitime d'un membre de la famille Chastel de Servières.

Le 19 juin 1767, Jean Chastel chargea son fusil d'une balle et de cinq chevrotines. Au lieu-dit de la Sogne d'Auvers, à proximité de la forêt de la Ténazeyre dans la paroisse de Nozeyrolles (Auvers actuellement), il abattit un animal de grande taille qui ressemblait à un loup. Le coup de fusil toucha l'épaule. L'animal qui ne bougeait plus fut assailli immédiatement par la troupe des chiens de chasse du marquis d'Apcher. Dès qu'il fut hors d'état de nuire, il fut chargé sur un cheval et porté au château de Besque, dans la paroisse de Charraix. Dès lors, les attaques de la bête cessèrent définitivement.

Jean Chastel fut absent à l'autopsie de la bête qui eut lieu le lendemain. Roch Étienne Marin, notaire royal à Langeac et subdélégué temporaire de l'Intendant d'Auvergne, aurait-il reçu l'ordre d'ignorer tout fait d'arme de cet homme ? L'incident du bourbier près du mont Chauvet le 16 août 1765, au cours duquel Chastel avait mis en joue deux gardes de François Antoine, le porte-arquebuse de Louis XV, en est-il la raison ? Ce geste constituait en effet un véritable affront au roi.

Le notaire Marin rédigea un rapport de son autopsie depuis le château de Besque, propriété de la famille d'Apcher. Ce rapport fut retrouvé en 1958, et apporte quelques informations sur la nature de cet étrange animal, qui « a paru être un loup, mais extraordinaire et bien différent par sa figure et ses proportions des loups que l'on voit dans ce pays ».

Le marquis d'Apcher, l'organisateur de la chasse, demanda à un chirurgien apothicaire d'embaumer la bête afin de pouvoir l'amener à Paris. Il souhaitait la présenter au roi. Le chirurgien incompétent se contenta d'enlever les entrailles et de les remplacer par de la paille. On garda la bête encore une dizaine de jours pour satisfaire la curiosité des notables et des bourgeois locaux. Jean Chastel récupéra la carcasse mal embaumée pour la promener de village en village et faire la quête.

La dépouille fut ensuite transportée à Versailles par un domestique du marquis d'Apcher, peut-être accompagné par Chastel, afin d'être montrée au roi. Le cadavre de la bête aurait été examiné par Buffon. Louis XV, qui aurait été incommodé par la puanteur et offusqué par la présentation bien tardive, le fit enterrer sur-le-champ sans accorder la moindre prime au chasseur. La bête reposerait donc quelque part dans le parc du château de Versailles.

De récentes recherches historiques laisseraient penser que Jean Chastel ne soit jamais allé à Versailles. Cette indifférence à son égard semble étonnante mais François Antoine n'était-il pas devenu, après la mort du fameux loup des Chazes, le 21 septembre 1765, le tueur officiel de la bête du Gévaudan ? Jean Chastel pouvait alors apparaître pour un importun ou un imposteur. S'il n'obtint aucune prime du roi, il fut cependant récompensé par les commissaires du diocèse qui lui offrirent 72 livres, une somme modeste.

À partir du 19 juin 1767, la bête du Gévaudan cessa de sévir dans le pays. Jean Chastel mourut en 1789, vingt-trois ans après la bête.. Une stèle à sa mémoire a été érigée récemment dans son village de La Besseyre-Saint-Mary.

À partir d'une histoire bien réelle, toute une légende s'est construite au fil du temps autour de la bête et des protagonistes de l'affaire. Bien après le décès de Jean Chastel, de nombreuses thèses sont apparues sur son rôle dans cette histoire.

Faustine finit par sombrer dans le sommeil et laisse échapper son livre qui tombe du lit. Peu avant l'aube, les images qui traversent son esprit sont des paysages paisibles de bois et de prairies sous le soleil.

20. ATTRACTION

Lundi 7 mai 2018

« Aime ton voisin, mais ne supprime pas ta clôture. »
proverbe anglais

Dans la matinée, une femme se présente à l'accueil de la gendarmerie de Marvejols.

Alexis Chardaire la reçoit dans son bureau au bout d'un quart d'heure. C'est une femme de près de cinquante ans avec un visage couronné de cheveux bouclés et blonds. Elle respire la gentillesse. Cependant, le gendarme aura un peu plus tard la confirmation que, décidément, les apparences sont souvent trompeuses.

— Bonjour Madame. Vous êtes la maman d'Olympe ?

— Oui, je suis Madame Chauvet. La semaine dernière, avec mon mari, nous avons reçu la visite de vos collègues qui nous ont confirmé que le corps déterré à Sainte-Lucie était bien celui de notre fille.

— Oui, tout à fait. Les tests ADN sont formels. Je vous présente mes sincères condoléances. Que puis-je faire pour vous ?

— Je sais qui a tué Olympe ! s'exclame alors la femme.

— Que voulez-vous dire ?

— C'est mon frère, Samuel Hermabessière, le coupable. Sa maison est située juste à côté du terrain où on l'a retrouvée. Il travaille au parc des Loups du Gévaudan et il habite à Sainte-Lucie.

— Vous voulez dire que votre fille a été retrouvée morte à proximité de la maison de son oncle ? J'ignorais que vous aviez un parent au hameau de Sainte-Lucie.

— Mon frère travaille au parc des loups depuis près de trente ans. Ça ne peut pas être une coïncidence !

— Votre fille allait souvent rendre visite à son oncle ?

— Non, jamais ! Nous sommes brouillés depuis deux ans suite à une histoire d'héritage. Nous n'avons plus aucun contact avec lui. Samuel s'est accaparé tous les biens de mes parents après leur décès. À l'époque, j'avais de graves soucis de santé et je n'ai pas pu l'en empêcher.

— Pourquoi aurait-il tué Olympe ? demande le gendarme, soucieux.

— Parce qu'elle voulait porter l'affaire devant la justice. Il lui tenait à cœur que je puisse récupérer ma part d'héritage. Je pense que Samuel et Olympe avaient tous les deux rendez-vous à Sainte-Lucie et que l'entrevue a mal tourné.

— Avez-vous la preuve de ce que vous avancez ?

La femme ne répond pas.

— Selon moi, une violente dispute a éclaté, poursuit Madame Chauvet. Et Olympe est morte. Il faut dire que ma fille n'avait pas très bon caractère ! Ensuite Samuel a enterré le corps dans le terrain d'à côté. La maison voisine était inhabitée à cette époque. Ni vu, ni connu !

Alexis Chardaire est songeur. Le récit que lui a fait la femme se tient. Combien d'histoires d'héritage ont pourri l'ambiance de paisibles familles et débouché sur des drames ? L'argent et la jalousie sont des mobiles fréquents de meurtres. Le fait que le corps de la lycéenne ait été retrouvée à quelques mètres du domicile de son oncle est plus que troublant. Comment cette information a pu leur échapper ?

À 20 heures, Romain sonne à la porte de Faustine. Cette dernière l'a invité chez elle. Elle est bien plus détendue que lors de leur premier dîner. Il faut dire que les circonstances sont moins tragiques que le soir de la découverte du cadavre dans le jardin. L'ambiance est plus légère même si Romain lui confie avoir eu encore une journée difficile. Faustine comprend que son voisin craint de perdre son emploi si on ne retrouve pas rapidement le loup qui s'est échappé.

Faustine a fait griller de la saucisse et préparé de l'aligot. Au bout d'un moment, Romain semble se détendre enfin et retrouver sa bonne humeur. Il a envie de se changer les idées et apprécie la compagnie de la jeune femme. Un grand sourire illumine son visage quand elle apporte le dessert.

— C'est toi qui a fait la coupétade ? demande-t-il.

— Tout à fait ! Ça t'étonne ?

— Une Parisienne qui connaît la recette de la coupétade ?

— Je te rappelle que ma famille est originaire d'ici. Ma grand-mère en faisait régulièrement. C'est elle qui m'a donné la recette : du pain dur, des œufs, du sucre, des pruneaux et des raisins secs !

Après avoir rempli le lave-vaisselle, Romain et Faustine s'installent dans le canapé du salon, face à la vaste cheminée en pierre, un verre à la main.

— Faustine, tu ne m'as jamais parlé de ton boulot. Je sais juste que tu travaillais dans une tour à La Défense et que tu as fait des études de communication. Mais que faisais-tu exactement ?

— J'étais webmaster dans une grande entreprise de télécommunications. J'animais leur site internet.

— En quoi ça consistait exactement ?

— Tous les jours, j'ajoutais de nouveaux contenus au site. Je rédigeais des textes et j'insérais des photos ou des vidéos. Si je ne trouvais pas d'images qui convenaient dans la médiathèque de la boîte, il m'arrivait de prendre les photos moi-même. Tous les deux ou trois ans, on devait procéder à une refonte du site internet. C'est-à-dire qu'on le fait évoluer : on change sa structure et on lui applique une nouvelle charte graphique. Je devais alors rédiger un cahier des charges qui était transmis à une agence spécialisée dans le développement de sites web.

— Ce travail devait être passionnant, dit Romain. Il ne te manque pas ?

— J'ai fait ça pendant deux ans et j'en ai vite fait le tour. Là où j'étais, je n'avais pas de perspective d'évolution. Le poste de responsable éditorial qui aurait pu m'intéresser était pourvu et n'était pas près de se libérer. Il était d'ailleurs très convoité ; j'avais peu de chance d'être choisie…

— Pas de regret alors ?

— Aucun ! L'ambiance au bureau n'était pas terrible. En plus, je passais énormément de temps dans les transports en commun le matin et le soir. De toute façon, je vais me remettre bientôt à internet car j'ai l'intention de créer un site pour mes chambres d'hôtes.

— Bonne idée ! À l'occasion, pourrais-tu jeter un œil à celui du parc des Loups du Gévaudan ? J'aimerais avoir ton avis. Internet, ce n'est pas trop mon truc.

— Je regarderai.

Faustine et Romain parlent d'eux, de leurs familles, de leurs vies et de leurs aspirations. Malgré leurs parcours très différents, ils se découvrent de nombreuses affinités et s'amusent des mêmes choses. Chacun s'aperçoit aussi qu'il apprécie la compagnie de l'autre ; ils n'ont pas envie de se quitter ce soir. À plusieurs reprises, Romain fait mine de partir, prétextant qu'il est déjà tard. À chaque fois, Faustine relance la conversation qui s'éternise. Il est près de minuit quand, tout à coup, Romain se rapproche de sa voisine, et met sa main sur son genou tout en la regardant intensément. Faustine a un bref instant d'hésitation quand il pose ses lèvres sur les siennes mais leur douceur la fait chavirer. Elle finit par capituler devant les sentiments qu'il sait éveiller en elle. Ils s'embrassent avec passion. Lors de leur étreinte passionnée, Faustine se pâme d'un plaisir intense qui la comble jusqu'au plus profond de son être.

21. DÉTENTION

Mardi 8 mai 2018

« La première chose que je dois faire, c'est récupérer une liste de gens pour pouvoir les éliminer. En tant que suspects, je veux dire. »
Paul Cleave

Ce mardi, l'affaire du cadavre de Sainte-Lucie connaît un tournant majeur : sur commission rogatoire du juge d'instruction, une opération de gendarmerie est menée aux premières heures. Les gendarmes de la SR de Nîmes et ceux du groupement départemental de Lozère procèdent à une première interpellation. La garde à vue débute à huit heures dans les locaux de la SR, à Nîmes.

Faustine se réveille la première. Encore endormi dans son lit et couché sur le côté, Romain lui fait face. La jeune femme savoure les sensations nouvelles de cette intimité profonde. Le temps lui paraît comme suspendu. Elle n'a jamais ressenti rien de tel auparavant. Elle est intriguée par la petite tête de loup tatouée sur l'épaule de son partenaire ; elle ne s'attendait pas à trouver un tatouage sur son corps. Elle sait que cette pratique est de plus en plus courante et acceptée mais elle ne comprend pas qu'on puisse avoir envie de marquer sa peau à l'encre indélébile. D'une part, les risques d'infection sont réels. D'autre part, des regrets peuvent survenir plus tard. Chacun évolue et les goûts changent avec le temps. Si elle n'a jamais été tentée par le tatouage, Faustine doit bien reconnaître que celui de Romain est esthétique et discret.

Comme s'il sentait son regard posé sur lui, Romain ouvre les yeux et lui sourit. Il est aussi irrésistible ce matin au réveil que cette nuit. Il tend un bras vers elle pour l'attirer contre lui. Les deux amants s'embrassent tendrement. Jamais Faustine ne s'est sentie aussi proche d'un homme. Et jamais elle ne s'est aussi librement abandonnée.

Soudain, le smartphone de Romain vibre sur la table de chevet. Alors qu'il écoute son interlocuteur, Faustine devine à son air contrarié que quelque chose de grave est arrivé.

— Que se passe-t-il ? demande Faustine quand la conversation téléphonique est terminée.

— Les gendarmes sont venus arrêter Samuel Hermabessière à son domicile ce matin, répond Romain. Ils l'ont mis en garde à vue. Samuel est le responsable zootechnique du parc.

— Je vois très bien qui sait, dit Faustine, C'est aussi notre voisin… Pourquoi a-t-il été arrêté ?

— Les gendarmes le soupçonnent d'avoir assassiné Olympe Chauvet et de l'avoir enterrée dans ton jardin. Ils souhaitent l'interroger dans le cadre de l'enquête. Sa maison est en train d'être perquisitionnée.

— Pourquoi donc aurait-il tué cette fille ? demande Faustine. Il la connaissait ?

— C'était sa nièce, la fille de sa sœur. Samuel était en conflit avec sa frangine pour une sombre histoire d'héritage. Je n'en sais pas plus.

— C'est sordide. Alors, le mobile serait l'appât du gain ?

— Cupidité, jalousie ou vengeance. Les conflits liés aux successions brisent parfois des fratries unies. Ils peuvent même révéler de furieuses pulsions criminelles. Il y a des histoires d'héritage qui meurtrissent les familles et s'achèvent dans le sang.

— Pourquoi tant de haine ?

— Samuel ne m'en a jamais parlé mais je savais que sa sœur et lui étaient brouillés.

— Il aurait tué sa propre nièce pour une sombre histoire d'héritage… murmure Faustine. Cela me paraît invraisemblable ! Je sais qu'il est bizarre mais je n'aurais pas cru qu'il soit un assassin.

— Il aurait enterré le corps de sa nièce chez toi, pensant qu'il ne serait jamais retrouvé. Ta maison était inhabitée à l'époque.

— Je ne cesse de me demander pourquoi cette jeune femme a été enterrée chez moi, soupire Faustine. Alors qu'il aurait été plus facile de dissimuler le corps dans les bois. Ce ne sont pas les endroits isolés qui manquent dans la région !

— C'est pour cette raison, je pense, qu'ils soupçonnent Samuel. Ton terrain est juste à côté du sien. Il n'avait pas besoin de sortir de chez lui avec le cadavre. Il lui suffisait de le passer par-dessus le grillage qui sépare vos deux terrains. Le meurtrier, quel qu'il soit, ne pouvait pas prévoir que tu viendrais habiter à Sainte-Lucie l'année d'après et que tu aurais l'idée farfelue de faire construire une piscine à l'endroit même où il a enterré le corps !

— Pourquoi « idée farfelue » ? demande Faustine, faussement offensée. Tu penses réellement ce que tu dis ?

— Oui, évidemment ! répond Romain en riant.

En l'absence de Samuel, Romain doit se rendre au parc plus tôt que d'habitude. Après son départ, Faustine va prendre une douche. Elle laisse couler l'eau bien chaude sur son corps dont la moindre parcelle se rappelle encore les caresses de son amant.

Mélanie Castanier est satisfaite. Avec l'arrestation d'un premier suspect, elle va peut-être avancer dans la résolution de cette affaire difficile. Les enquêteurs en savent maintenant un peu plus sur les deux victimes. Depuis l'identification d'Olympe Chauvet, ils ont interrogé ou réinterrogé leurs camarades de classe de l'année dernière. Marvejols étant une petite ville, tous les jeunes du même âge se connaissent plus ou moins. Depuis l'école maternelle, ils se sont côtoyés à un moment ou un autre. S'ils ne se sont pas croisés dans un établissement scolaire, ils se sont rencontrés dans un club sportif, dans une autre association ou à une fête.

Les lycéens ont déclaré qu'Olympe sortait rarement. Ils avaient même été étonnés de sa présence à la soirée qui s'était tenue le jour de sa disparition. C'était une élève studieuse et sérieuse qui ne semblait pas avoir d'ennemis. Elle avait passé une grande partie de la soirée avec sa meilleure amie, Chloé Bouquet, et une autre fille de sa classe. Olympe semblait avoir une passion pour les loups, ce qui peut expliquer son intérêt pour l'histoire de la bête du Gévaudan. Quand elle était plus jeune, ses parents avaient organisé plusieurs de ses fêtes d'anniversaire au parc des Loups du Gévaudan. Olympe et Chloé étaient des filles sans histoires. On ne leur connaissait pas de petits amis. Les gendarmes n'ont rien trouvé de particulier sur les réseaux sociaux à leur sujet.

La seule ombre au tableau était le problème d'héritage qui avait déchiré la famille d'Olympe mais qui ne concernait en rien Chloé. Madame Chauvet était en guerre contre Samuel Hermabessière, qui travaille au parc des Loups du Gévaudan. La mère d'Olympe avait accusé son frère de l'avoir harcelée et de lui avoir crevé les pneus de sa voiture. Samuel Hermabessière avait toujours nié les faits, déclarant que sa sœur était folle et avait tout inventé. Les gendarmes n'ont d'ailleurs jamais trouvé la moindre preuve à ces accusations. La seule certitude qu'ils ont : une haine tenace et réciproque semble habiter le frère et la sœur. Jusqu'à commettre un meurtre ?

22. SUSPICION

Lundi 14 mai 2018

« Le soupçon produit plus de mal qu'il n'en prévient. »
Henri-Frédéric Amiel

Il est sept heures du matin. Faustine regarde Romain dormir à côté d'elle. Elle est heureuse de pouvoir penser qu'ils sont ensemble. Elle ignore encore si leur relation est faite pour durer. Elle le souhaiterait mais ils se connaissent depuis si peu de temps. Dans les faits, ils paraissent si proches, si bien tous les deux... C'est au moment où ces questions se bousculent dans sa tête que Romain se réveille et lui adresse immédiatement un sourire irrésistible qui anéantit toutes les interrogations qu'elle pourrait avoir sur leur relation. Il la prend dans ses bras. Ses baisers et ses gestes tendres la rassurent. Romain est toujours affectueux et attentionné. Faustine s'arrache doucement à son étreinte et se lève pour aller ouvrir les volets de sa chambre. Le printemps offre désormais un spectacle resplendissant. La floraison est enfin là. Les genêts embaument l'air. Ce lundi en particulier, alors que le soleil se lève, l'atmosphère porte la promesse d'une journée radieuse. Elle déplore que Romain doive bientôt la quitter pour se rendre au parc.

Faustine s'empresse de descendre pour aller préparer le petit déjeuner à la cuisine. Romain la rejoint dix minutes plus tard, son smartphone à la main.

— Les gendarmes ont relâché Samuel, faute de preuve, annonce-t-il.

— Ils n'ont rien trouvé contre lui ?

— Non. Sa maison a été perquisitionnée. Aucun élément penchant en faveur de sa culpabilité n'a été trouvé. Les gendarmes ont même exhumé le cadavre de son chien mort l'année dernière pour faire des prélèvements d'ADN.

— Et alors ? demande Faustine.

— Ils n'ont pas encore les résultats des prélèvements. Mais s'ils ont relâché Samuel, c'est surtout parce qu'il dispose d'un alibi en béton.

— Ah bon ? Lequel ?

— Au moment de la disparition de sa nièce, il était en Grèce avec sa femme, en voyage organisé.

Une angoisse sourde commence à envahir Faustine. Elle commençait à croire en la culpabilité de son étrange voisin. Ça l'aurait bien arrangée ! Elle est persuadée que c'est lui qui a pendu la pie et déposé les chatons morts dans son jardin. Il aurait très bien pu y enterrer le corps de sa nièce aussi. Visiblement, la présence de Faustine le gêne. Elle ne sait pas pourquoi. D'ailleurs, l'épouse de Samuel Hermabessière semble totalement l'ignorer : elle ne lui dit jamais « bonjour », ne lui adresse jamais un mot ni même un regard… Si le responsable zootechnique du parc n'est pas coupable, qui cela peut-il être alors ? Le doute s'immisce insidieusement dans l'esprit de Faustine. Elle craint qu'un habitant de Sainte-Lucie soit impliqué de près ou de loin dans la mort des deux lycéennes.

— Et toi Romain, tu connaissais ces deux filles ? demande Faustine.

— Non, Quand les gendarmes m'ont interrogé, ils m'ont informé qu'elles fréquentaient le parc. Elles venaient seules ou ensemble à certaines animations du week-end. Olympe était même la marraine d'un de nos loups. Mais je ne m'occupe ni des animations, ni du parrainage. J'ai peu de contact, en fait, avec le public.

Faustine est dubitative. Cette affaire semble tourner autour de Sainte-Lucie et de son parc animalier. Ce qui l'intrigue le plus est la disparition du collier de femme trouvé dans le canapé du salon à son arrivée. Elle ne le retrouve plus. Elle se rappelle pourtant l'avoir laissé sur la petite table à côté. Ce week-end, elle y a repensé : elle s'est dit qu'il appartenait peut-être à Olympe. Elle a cherché le bijou partout dans le salon afin de pouvoir le porter à la gendarmerie mais elle a constaté qu'il n'y était plus. Quelqu'un l'aurait-il récupéré à son insu ? Ces derniers temps, plusieurs personnes ayant des activités liées au parc sont venues chez elle et auraient pu en profiter pour le prendre : Romain bien sûr, mais aussi Anthony Tichit et Pierre Blanquet.

Après une après-midi consacrée à divers achats à Marvejols, Faustine se retrouve seule chez elle ; Romain lui manque terriblement et il ne lui a pas donné de ses nouvelles depuis son départ. Dans la soirée, par la fenêtre, elle aperçoit enfin la voiture du directeur du parc garée devant sa maison. Elle décide de se rendre chez lui. Elle sonne plusieurs fois à la porte de son amant mais personne ne vient ouvrir.

Quand Faustine tourne la poignée, la porte s'ouvre. Il n'est pas très prudent ! Elle entre dans la maison et appelle Romain. Personne ne lui répond. Inquiète, elle monte à l'étage et se dirige vers la chambre du jeune homme. Personne. Faustine entend alors de l'eau couler tout près : son voisin est en train de prendre une douche. Elle oublie immédiatement tous ses soucis. Frissonnante de désir, elle enlève rapidement ses vêtements et ne garde sur elle qu'une petite culotte en dentelle blanche et un soutien-gorge assorti. Quelques minutes plus tard, Romain sort, entièrement nu, de la salle de bains. Il est là, devant elle, surpris de la trouver là. Faustine sait qu'elle va vivre entre ses bras la nuit la plus délicieuse, la plus troublante qui soit. Romain lui enlève son soutien-gorge. Sa bouche attrape un sein tandis que ses doigts attrapent l'autre. Il la serre contre lui. Ses dents mordent les lèvres de la jeune femme. Faustine ne bouge plus, attentive au plaisir que réveillent dans sa chair les caresses de son amant.

23. RENDEZ-VOUS

Samedi 19 mai 2018

« Si tu dois choisir entre deux chemins qui traversent une forêt et que l'un d'entre eux t'amène à croiser un loup et l'autre un homme, prend celui où se trouve le loup, tu auras la garantie d'arriver sain et sauf. »
Guillaume Prevel

Soraya Belounis a un rendez-vous en fin d'après-midi. Elle sort son scooter du garage. Le simple fait d'être à l'air libre, sous l'éclatant soleil du printemps, lui donne la pêche. La lumière est magnifique, les oiseaux chantent, il fait doux. Pendant qu'elle traverse la ville, elle essaye de faire le vide dans son esprit. Elle prend une route départementale puis suit la direction de Saint-Sauveur-de-Peyre. Une route secondaire la mène ensuite jusqu'au pied du Roc de Peyre, qui domine la Vallée de l'Enfer. Il s'agit d'un ancien piton volcanique sur lequel se tenait autrefois la forteresse de la baronnie de Peyre surnommée « le nid de l'aigle ». Réputée imprenable, l'ancien château le fût jusqu'au XVe siècle lors de sa destruction intervenue en riposte aux attaques perpétuées en Gévaudan par les protestants. Du bâtiment, il ne reste absolument rien aujourd'hui.

Soraya gare son scooter sur le petit parking, à côté du seul véhicule présent. L'endroit est désert. De là, elle pousse un portillon et entre sur le site. Des bancs et des panneaux d'information ont été installés à l'intention des visiteurs. Soraya suit un court chemin de terre puis gravit un escalier très raide qui la conduit, en quelques minutes au sommet du Roc de Peyre, à près de 1 200 mètres d'altitude. Elle arrive tout en haut un peu essoufflée.

Au sommet, l'homme attend Soraya au pied de la grande croix à côté du relais de télévision et de la table d'orientation. Tout autour, une rambarde métallique a été installée pour éviter les chutes en raison des fortes pentes des parois du rocher qui tombent même à la verticale du côté nord. L'individu domine la frêle Soraya de son imposante stature et l'enveloppe de son regard profond. Ils ne se lassent pas d'admirer la vue immense qui couvre une grande partie de la Lozère. Ils discutent un long moment et redescendent ensemble l'escalier abrupt.

L'homme lui propose de laisser son scooter au parking et de venir faire une promenade avec lui. Destination : la Vallée de l'Enfer. Alors qu'ils descendent un sentier abrupt, ils aperçoivent en contrebas un superbe loup au pelage roux.

24. INVESTIGATION

Lundi 21 mai 2018

« L'esprit n'est pas comme un vase qui a besoin d'être rempli ; c'est plutôt une substance qu'il s'agit seulement d'échauffer ; il faut inspirer à cet esprit une ardeur d'investigation qui le pousse vigoureusement à la recherche de la vérité. »
Plutarque

Les parents de Soraya Belounis ont signalé sa disparition à la gendarmerie le samedi vers 22 heures, inquiets de ne pas la voir rentrer alors qu'elle devait revenir au domicile familial vers 20 heures. Elle leur avait dit qu'elle allait rendre visite à une amie à Saint-Sauveur-de-Peyre. Ils ont téléphoné aux parents de celle-ci mais ils n'avaient pas vu Soraya de la journée. Et leur fille n'avait pas bougé de la maison. Le père de Soraya a alors émis l'hypothèse que la lycéenne était peut-être en compagnie d'un garçon. Ces derniers temps, elle semblait ailleurs et n'était plus très concentrée sur les révisions du bac. Alors les parents ont de nouveau essayé de l'appeler, lui ont envoyé des textos… En vain.

Le parquet a immédiatement ouvert une enquête pour « disparition inquiétante », le scénario d'une fugue éventuelle ne semblant guère probable après les morts d'Olympe et de Chloé qui étaient dans la même classe que Soraya l'année dernière.

Une battue a été organisée dimanche dans le secteur supposé de la disparition, autour de Saint-Sauveur-de-Peyre. Au pied du Roc de Peyre, le scooter de la lycéenne a été retrouvé dans un fossé, recouvert de branches. Les recherches reprennent donc ce matin, à l'aide d'un chien spécialisé, à l'extrémité nord de la Vallée de l'Enfer.

Au bout de deux heures, les gendarmes retrouvent des chaussures semblables à celles portées par la lycéenne le jour de sa disparition, à proximité d'un sentier escarpé qui mène au fond de la vallée. Les gendarmes le suivent. Arrivés une centaine de mètres plus bas, dans un lieu difficile d'accès, ils tombent sur une vision cauchemardesque : dans la rivière, apparaît un corps de femme à moitié nu, coincé dans des branchages. Il est lacéré, comme si une bête avait commencé à le dévorer. Le corps n'est pas formellement identifié car la peau du visage a été arrachée.

Pour l'instant, le procureur de la République n'est pas en mesure d'affirmer qu'il s'agit bien de Soraya. Il faut attendre le rapport des techniciens en investigation criminelle. Cependant, tout laisse à penser qu'il ne s'agit pas d'un accident. Le procureur doit s'exprimer devant la presse, une fois le corps identifié.

En ratissant le secteur, Damien Theret et son équipe de techniciens en investigation criminelle relèvent les empreintes d'un canidé sur le sentier et dans la boue bordant le cours d'eau. Ils découvrent aussi des excréments et des poils sur des végétaux et des barbelés. La jeune femme aurait-elle été attaquée et mordue par un chien ?

Une conférence de presse est organisée dans la soirée. Le procureur de la République y révèle que le corps retrouvé dans la Crueize le matin est bien celui de Soraya Belounis, la lycéenne de Marvejols disparue deux jours plus tôt. Il annonce aussi que les empreintes de plusieurs canidés ont été relevées à proximité du cadavre. Pour les journalistes avides de sensationnel présents dans la salle, tous ces éléments étranges évoquent ceux survenus il y a plus de 250 ans dans la région. Une bête furieuse semble de nouveau semer la terreur dans le nord de la Lozère. N'a-t-on pas dit que l'ombre de la bête rodait toujours dans le Gévaudan ?

25. EXTRAPOLATIONS

Dans son livre sur la bête, Faustine découvre avec stupéfaction toutes les hypothèses existant sur la nature de la bête du Gévaudan. Elle ne pensait pas qu'il y en avait autant !

Selon certains auteurs ou historiens, les crimes pourraient être l'œuvre d'un être humain, d'un sadique. Pour d'autres, il est plus probable qu'il s'agisse d'une association homme-animal. Un unique animal n'aurait sans doute pas pu causer autant de méfaits pendant trois ans, et un homme seul n'en aurait pas eu la capacité. Les décapitations sèment le doute sur l'auteur des crimes. Plus récemment, et parce que c'est une tendance de notre époque, on évoque l'œuvre d'un tueur en série.

L'hypothèse d'un complot politique pour déstabiliser Louis XV a été aussi soulevée. Le pouvoir du roi a en effet été ébranlé par toutes ces morts mystérieuses dans la petite province isolée qu'était le Gévaudan. L'impuissance des troupes du prince serviteur du roi à vaincre un simple animal était moquée jusqu'à Londres, capitale de l'ennemi, et risquait de ridiculiser le monarque, habituellement intouchable. Le roi a finalement décidé d'envoyer ses propres hommes qui ont tué un grand loup. Cet événement n'a pas empêché les crimes de la bête de continuer.

Des auteurs ont évoqué un curé fou voulant déclencher une nouvelle guerre de religion entre les catholiques et les protestants. D'autres prétendent, au contraire, que ce sont des huguenots qui se seraient déguisés en loup pour tuer en toute impunité des catholiques.

Le coupable aurait pu être le fils du duc de Morangiès, un noble local qui aurait été un aristocrate dépravé et sadique.

Antoine Chastel, le fils du tueur de la bête, revient régulièrement dans les discussions. On a écrit qu'il aurait ramené une hyène d'Afrique du Nord qu'il aurait dressée à tuer.

Et puis, il y a ceux qui pensent que c'est un animal mais pas un loup. Tous les gens qui ont vu ou se sont battus contre la bête la décrivent de façon similaire : le devant de la bête était différent et ne correspondait à aucun animal connu des paysans de l'époque. Le rapport d'autopsie a pris 31 mesures de l'animal. À cette époque les gens étaient en contact permanent avec les loups. Ils en tuaient entre 80 et 120 par mois, uniquement dans le Gévaudan. Un an avant les faits, en 1763, la guerre de Sept ans prit fin. Les champs de bataille avaient été fréquentés par des chiens sauvages dont certains seraient issus d'un croisement entre des chiens de combat des armées romaines et des loups. Un argument alimente cette théorie : une tâche blanche en forme de cœur se trouvait sur le poitrail de la bête, ce qui était une caractéristique des chiens de l'armée romaine. La bête du Gévaudan serait donc un hybride venu s'installer en Gévaudan.

La guerre de Sept ans est également citée dans une théorie qui prône la culpabilité des loups. Ces derniers suivaient les soldats et dévoraient, au gré des batailles, les cadavres et les blessés. Certains de ces loups auraient pu atteindre le Gévaudan où il ont continué à manger de la chair humaine, notamment des femmes et des enfants, plus faciles à terrasser. Certains de ces loups auraient eu une taille et une force exceptionnelles.

L'accouplement entre deux espèces différentes, comme entre un tigre et un singe ou encore entre un lion et un crocodile, a aussi été cité. Il aurait engendré un être hybride unique et particulier, jamais vu auparavant et inclassable.

Enfin, des théories contemporaines relèvent de la science-fiction. La bête du Gévaudan aurait été un monstre extraterrestre ayant atterri accidentellement sur la Terre. Ou bien des mutations génétiques, entraînant des anomalies, auraient créé un monstre.

Encore à notre époque, des écrivains et des historiens publient des livres expliquant « leur » théorie sur le sujet, parfois basée sur de prétendues recherches scientifiques mais toujours présentée comme la véritable histoire de la bête...

26. DISSECTION

Mercredi 23 mai 2018

« Qui se trouve pour la première fois dans une salle d'autopsie rencontre sa propre mort. L'homme moderne ne voit plus de cadavres, ils ont complètement disparu du quotidien. »
Ferdinand von Schirach

Mélanie Castanier est partie tôt de Nîmes ce matin pour se rendre à Montpellier. Elle arrive, avec un bon quart d'heure de retard, au centre hospitalier universitaire qui abrite l'IML, l'institut médico-légal.

Une fois dans le bâtiment, elle se dirige vers un escalier menant aux deux salles d'autopsie situées au deuxième sous-sol. L'endroit n'est plus du tout lugubre : le service de médecine légale vient de faire peau neuve après plusieurs mois de travaux. La morgue est le lieu le plus fréquenté de l'hôpital après les urgences. Entre 15 000 et 20 000 personnes passent chaque année par ces sous-sols. Les vivants y sont plus nombreux que les macchabées car l'IML se charge aussi d'accueillir les familles des 1 200 personnes qui décèdent chaque année au CHU. En comparaison, le service réalise environ 700 autopsies par an.

L'enquêtrice se dirige vers la seule salle dont la porte est ouverte.

— Bonjour Mehdi ! Tu vas bien ?

— Bonjour Mélanie, je commençais à m'inquiéter...

C'est le docteur Mehdi Messaoui qui est aux commandes ce matin ; c'est lui qui va procéder à l'autopsie du corps de Soraya Belounis. Une intervention banale, comme il en pratique des centaines chaque année. Avec ses yeux marron, sa peau mate et ses cheveux bruns, le médecin légiste est un bel homme à la carrure de sportif. Son boulot consiste à faire parler les morts, c'est-à-dire trouver des explications aux décès de personnes à la demande des autorités judiciaires. C'est surtout en cas de mort suspecte violente qu'il est sollicité. Les cas qu'il examine sont des décès survenus dans des circonstances particulières, étonnantes ou suspectes : homicides, suicides, accidents, morts subites dans des lieux publics, décès survenus au cours d'arrestation ou de détention...

Mélanie examine l'intérieur de la salle avec appréhension. Elle ne s'y fera jamais : les autopsies l'écœurent toujours autant. Dans la poche de sa veste, elle a placé deux mouchoirs en tissu imbibés d'eau de Cologne. Ceux-ci lui seront bien utiles car les odeurs qui flottent dans la salle l'indisposent déjà malgré le système de ventilation performant.

Mélanie Castanier découvre les équipements dernier cri installés dans la salle d'autopsie entièrement mise aux normes : de nouvelles tables en inox, un éclairage puissant, du matériel informatique... Cette salle vient d'être équipée d'un système de visioconférence permettant d'assister à l'examen sans forcément se déplacer. Car aujourd'hui, l'autopsie de Soraya Belounis est entièrement filmée et retransmise en direct à Mende et à Nîmes situées respectivement à 150 et 50 kilomètres.

La visioconférence évite aux enquêteurs d'endurer jusqu'à six heures de route pour assister à une autopsie qui ne dure qu'une heure.

Néanmoins, Mélanie n'a pas pu se soustraire à la séance de dissection car il s'agit d'un homicide. Dans ce cas précis, la loi impose la présence physique d'un officier de police judiciaire.

Les lumières vives du plafond éclairent un corps sauvagement déchiqueté sur la table en inox. C'est celui de Soraya, la lycéenne retrouvée au fond de la Vallée de l'Enfer. À côté de la table, un technicien de la morgue dispose, sur un chariot métallique, l'attirail qui va être utilisé dans quelques minutes : ciseaux, scalpels, pinces, flacons à échantillons, tubes, seringues, bassins, agents de conservation, étiquettes… Mehdi porte un tablier sur une blouse, des gants, des lunettes et un masque chirurgical. Tout est prêt.

— Autopsie de Soraya Belounis, dix-sept ans, annonce-t-il. Un mètre soixante-sept, cinquante-deux kilos.

Le médecin commence par regarder des clichés ; radiographier un cadavre peut éviter de passer à côté de certains éléments importants. La morte n'aura bientôt plus de secrets pour Mehdi.

La lycéenne porte de nombreux bijoux fantaisie : une montre, des bagues, des bracelets, un collier et plusieurs boucles d'oreilles à chaque lobe. Le technicien les retire et les rassemble sur un plateau. Plus tard, ils seront rendus à ses parents. Soraya est vêtue d'un blouson, d'un jean et d'un chemisier. Ou du moins ce qu'il en reste. Une tenue terriblement banale pour une jeune femme de son âge. Mais les vêtements sont tous déchirés, laissant apparaître le corps nu.

Le médecin et le technicien prennent des ciseaux et découpent les lambeaux de vêtements qui restent. Le second commence à s'attaquer à la manche droite du chemisier. Lorsqu'il écarte le tissu après l'avoir coupé du poignet à l'épaule, il découvre qu'elle possède un petit tatouage de tête de loup sur la face interne de son avant-bras. Les deux hommes achèvent de couper les vêtements en les disposant de part et d'autre du corps.

— Nous allons procéder à l'examen externe, dit Mehdi. On a de nombreuses lésions sur le corps et à la tête. Des plaies ouvertes suite à des morsures.

Une partie du visage est déchiquetée. Un œil a disparu sous un tas de chairs congestionnées. Chaque fois qu'il le juge nécessaire, il demande à Mélanie de prendre une photo. Celle-ci évite de regarder le visage atrocement mutilé.

Le médecin légiste officie sous la surveillance permanente d'une caméra qui retransmet en direct ses moindres faits et gestes. À Mende et à Nîmes, des magistrats du parquet et des gendarmes assistent à l'opération. À distance, ils échangent avec le médecin légiste, lui demandant parfois des précisions ou des zooms sur telle ou telle partie du corps autopsié.

Mehdi écarte ensuite les cuisses de la lycéenne et met en place un écarteur gynécologique. Il braque une petite lampe vers le vagin.

— Aucune lésion vaginale, dit Mehdi. Il y a même un hymen, ce qui signifie que cette fille était probablement vierge. Cependant, dans certains cas, un hymen peut rester intact après un rapport sexuel complet. En tout cas, elle n'a pas été violée.

Le médecin passe ensuite à l'examen interne. Il pratique avec un scalpel l'incision en Y qui consiste à aller des extrémités des épaules vers le sternum puis de descendre en ligne droite vers le pubis. Il tire d'un coup sur la peau pour mettre à nu les muscles. Il extrait du torse des organes qu'il dépose dans un récipient.

Une fois l'autopsie terminée, il s'assure que les prélèvements sont bien répartis pour être envoyés à différents laboratoires.

— La mort de Soraya Belounis a pour origine une hémorragie consécutive à plusieurs morsures de canidé au cou et à la tête, conclut Mehdi. Certaines morsures sont ante mortem et d'autres post mortem.

— Aurait-elle pu être attaquée par un loup ? demande Mélanie.

— Par un chien ou un loup. C'est encore trop tôt pour le dire. Les analyses de l'ADN trouvé sur le corps nous le révéleront.

Le médecin prépare les échantillons salivaires pour les expédier au laboratoire vétérinaire. Ensuite, il s'occupe des poils prélevés sur le corps. Peu de labos sont capables de réaliser ce type d'examen. Les résultats des analyses ADN seront déterminantes. Une étude a montré que l'ADN prélevé sur une centaine de races de chien présente en moyenne 17 % de gènes de loup. Si on obtient un taux compris entre 35 et 75 %, on peut considérer que c'est un représentant hybride de chien et de loup.

Mélanie est persuadée que l'étudiante ne se trouvait pas seule dans la Vallée de l'Enfer. Des traces de pas autres que les siens ont été découverts à proximité de la rivière. Avec une pointure qui correspondrait à celle d'un homme. En outre, comme pour Chloé et Olympe, on n'a pas retrouvé son téléphone portable. Pourtant, elle ne s'en séparait jamais, selon ses parents. Tant qu'on ne saura pas pourquoi elle est descendue au fond de la Vallée de l'Enfer, il sera difficile d'établir si c'est une simple attaque de chien ou un meurtre.

Les médias se sont emparés de l'affaire de la lycéenne dévorée au fond de la Vallée de l'Enfer. De nombreux journalistes arrivent maintenant à Sainte-Lucie. Certains veulent réserver des chambres chez Faustine et sont prêts à y mettre un bon prix. Mais la jeune femme refuse systématiquement. Les rares habitants permanents du hameau souhaitent préserver leur tranquillité. La plupart des reportages et des articles font le lien entre les crimes actuels et ceux de la bête du Gévaudan. Un journaliste a même écrit : « Comment expliquer la disparition de ce loup aux habitants de la Lozère dont certains prétendent que des loups-garous hantent leurs sous-bois durant les nuits de pleine lune ? »

Avec la mort des lycéennes et l'effraction de la clôture, les salariés du parc des Loups du Gévaudan sont sur les dents. Ils doivent affronter les curieux, les personnes hostiles aux loups et les médias. Romain Lafont, en tant que directeur du parc, est en première ligne et complètement débordé. Il ne pouvait y avoir plus mauvaise publicité pour le site. Faustine l'a invité à déjeuner chez elle pour essayer de lui remonter un peu le moral. Pour l'occasion, elle a mis les petits plats dans les grands.

— Tu m'as dit que le loup était revenu en France, dit Faustine. Avant, le dernier loup français avait été tué dans les années 1940, non ?

— En effet, le loup est censé avoir disparu de France en 1939, répond Romain. Pourtant, un loup a été abattu par un agriculteur en Lozère en 1977. C'était sur la commune des Salces. Mais l'animal a fait son grand retour en France à partir de l'Italie. Les loups italiens ont traversé les frontières et investi le sud de la France, la Suisse, et l'Autriche à compter du début des années 1980. Et le loup serait revenu en Lozère un peu plus tard.

— On parle beaucoup de cette affaire sur internet. Sur les réseaux sociaux, les témoignages, les photos et les vidéos se multiplient et circulent sur la présence d'un loup mangeur de femmes en Lozère. C'est ahurissant !

— Le loup est un sujet sensible depuis longtemps, il déchaîne les passions entre les pro-loups et les anti-loups. La prudence reste de mise. Car, au fil des années, de nombreux témoignages faisant état de loups en liberté se sont révélés irrecevables, s'agissant en réalité de chiens. Dans le même genre, il y a quatre ans, une dépouille avait été hâtivement désignée comme un lynx au sud de la Haute-Loire. Après des analyses, elle s'était avérée être celle d'un chat auquel il manquait des canines…

— On a parlé d'un tueur en série à propos de la bête du Gévaudan, dit Faustine.

— La bête était aussi vue comme un loup, une hyène, un loup-garou, un animal dressé pour tuer, ou un homme déguisé en bête. Elle est devenue au fil du temps l'image du mal.

— J'ai lu que 60 % des victimes de la bête du Gévaudan étaient des femmes ou des filles, et 70 % des enfants ou des adolescents.

— C'est assez logique. À cette époque, dans les campagnes, les agressions, souvent sexuelles, contre les femmes et les enfants n'étaient pas rares. Mais c'est aussi les femmes et les enfants qui, en majorité, gardaient le bétail.

— Ce qui m'intrigue le plus dans cette histoire, ce sont les seize cas de décapitations recensés parmi la centaine de victimes de la bête du Gévaudan, déclare Faustine. Autre élément troublant : plusieurs victimes ont été retrouvées complètement nues. Or, un animal, même féroce, ne déshabille pas ses proies et ne les décapite pas non plus.

— En effet. Il y a eu des cas de têtes tranchées et de mises en scène macabres de corps rhabillés après avoir été mutilés. Jamais un canidé n'a décapité ses proies et jamais personne n'a vu la bête agir de cette façon avec ses victimes. Loup ou hybride, aucun animal de cette taille ne peut couper une tête humaine. Pas plus qu'un animal ne peut déshabiller ses victimes avant ou après les avoir tuées. Mais on peut imaginer qu'un homme l'ait fait. La piste du tueur sadique a souvent été évoquée. Les circonstances de certaines attaques meurtrières peuvent suggérer que des hommes en aient été les auteurs, maquillant leurs méfaits en attaques de loups. Il est aussi probable que certains corps abandonnés aient ensuite été mangés par des loups. À l'époque, on a parlé d'un animal « qui ressemble à un loup mais qui n'en est pas un ». Il dévorait les femmes et les enfants qui gardaient les bœufs et les moutons mais il ne s'intéressait pas au bétail. Alors que le loup a peur des humains… Je suis convaincu que l'essentiel des attaques a été le fait d'un ou plusieurs animaux hybrides de chien et de loup. À cela, se sont ajoutés des meurtres crapuleux ou sexuels commis par un ou plusieurs hommes et attribués à la bête.

— L'éventualité de meurtres d'origine humaine ne fait que renforcer le mystère de cette affaire. En attendant, la bête, ou plutôt son fantôme, court toujours, et chacun y va de son interprétation…

Un sentiment de malaise envahit Faustine. D'un côté, il y a ces trois filles mortes, dont deux à Sainte-Lucie et dans la vallée. De l'autre, un acte de malveillance a permis à des loups de s'échapper du parc avec un spécimen qui court toujours dans la nature. Tous ces événements sont-ils liés ? Tous les éléments semblent converger vers Sainte-Lucie. Faustine appréhende que Romain puisse être mêlé à ces affaires de près ou de loin. Elle redoute qu'il soit arrêté comme l'a été Samuel

Hermabessière. Si un habitant de Sainte-Lucie est impliqué, Faustine penche pour Anthony Tichit qui a tenté de l'agresser chez elle. La disparition de sa compagne est si étrange ! Peut-être est-elle enterrée quelque part dans la Vallée de l'Enfer ? Des frissons parcourt Faustine. Elle se demande pourquoi les gendarmes n'explorent pas cette piste. Elle n'a pas porté plainte contre le restaurateur mais se tient prête à le faire. Elle agira en fonction de la tournure que prendront les événements.

— Tu frissonnes ? demande Romain.

— Oui, j'ai froid tout à coup.

— Désolé mais il va bientôt falloir que je te quitte. Il faut que je retourne au travail. Merci beaucoup de m'avoir invité. Au parc, l'ambiance est très tendue.

Faustine s'approche de lui pour l'embrasser avec fougue.

— Ne me donne pas de regrets, murmure Romain.

— Alors, dépêche-toi de partir si tu ne veux pas que je te retienne ! s'exclame Faustine. Je compte sur ta visite ce soir !

— Promis ! crie Romain sur le pas de la porte.

Malgré ses doutes et ses inquiétudes, Faustine éprouve pour Romain un désir violent qui pourrait se révéler dangereux s'il était impliqué dans les meurtres des jeunes femmes. Après le départ du directeur du parc, la maison lui semble vide, inquiétante et trop grande pour elle. Elle a hâte de pouvoir y accueillir des touristes pour se sentir moins seule.

27. RÉSERVATION

Dimanche 3 juin 2018

« Le voyageur voit ce qu'il voit, le touriste voit ce qu'il est venu voir. »
Gilbert Keith Chesterton

Lorsque Faustine ouvre les volets de sa chambre, le soleil n'est pas levé mais il s'annonce déjà par une lueur rosée à l'est. La journée s'annonce splendide. Malgré cette météo fabuleuse, Faustine est inquiète. Le Domaine des loups, sa maison d'hôtes, reçoit aujourd'hui ses tout premiers clients : un couple de retraités originaires de Nîmes. L'homme lui a téléphoné la veille pour réserver une chambre pour une seule nuit. Faustine leur a attribué l'une de celles du premier étage. Elle ne peut pas encore proposer la plus grande qui est sous les toits car Jérémi n'a toujours pas fini les travaux de la salle de bains attenante. Le plombier ne l'a pas recontactée suite aux messages qu'elle lui a laissés. Elle est sans nouvelles de lui depuis la nuit qu'ils ont passée ensemble. Elle envisage de faire appel à quelqu'un d'autre pour terminer le boulot s'il ne se manifeste pas durant la première quinzaine de juin.

Faustine craignait que la découverte du corps dans son jardin ne ruine à jamais son projet touristique. Évidemment, il lui a fallu renoncer à la piscine pour l'instant. Les gendarmes ont laissé leurs rubans autour du trou béant. Et les travaux ont dû être reportés à l'automne.

La jeune femme entend soudain le bruit de moteur d'un véhicule sur la route. Elle jette un œil par la fenêtre, à travers les rideaux. Un homme et une femme descendent d'une petite voiture blanche. Ils s'arrêtent un long moment pour admirer la maison. Les vacanciers n'ont pas emporté beaucoup de bagages avec eux : juste un sac de voyage apparemment.

L'homme et la femme aux cheveux gris avancent lentement dans l'allée mais ne se dirigent pas vers l'entrée de la maison. Ils commencent par faire le tour de la propriété, font mine d'admirer les parterres de fleurs, tournent derrière le garage. Faustine traverse alors sa maison pour ne pas les perdre de vue. Arrivée dans la grande pièce à vivre, elle les aperçoit, à travers la porte-fenêtre, marchant en direction de la terrasse. Ils semblent chercher quelque chose. Soudain, ils s'arrêtent pile devant l'endroit où la terre a été retournée, là où la piscine aurait dû être construite. L'homme et la femme passent sous les rubans laissés par les gendarmes.

Faustine se fige ; elle réalise que le couple n'est peut-être pas venu chez elle pour profiter de l'air pur ou pour découvrir la région. Serait-il venu voir l'endroit d'un sordide fait divers ? Serait-il motivé par une fascination macabre ? C'est vrai que les crimes alimentent les conversations, attristent ou révoltent. Que penser de ce couple de vacanciers ? S'agit-il chez eux d'une curiosité mal placée, d'un voyeurisme malsain ou d'une empathie attisée ? C'est un peu comme les gens qui ralentissent pour regarder les accidents sur la route ; c'est un comportement malheureusement inhérent à la nature humaine.

Les médias ont évidemment leur part de responsabilité dans cet intérêt démesuré. Pour intéresser le public, ils n'ont pas hésité une seconde à faire le lien entre les crimes commis il y a 250 ans et ceux d'aujourd'hui. Des titres tels que « La bête du Gévaudan est de retour » ont fleuri dans la presse régionale et nationale. L'information a été distillée petit à petit, comme un feuilleton à épisodes : d'abord la découverte du corps dans la propriété de Faustine, puis le rapprochement avec la mort de la lycéenne dévorée au pied de la statue de la bête l'an dernier, ensuite la jeune femme dévorée au fond de la Vallée de l'Enfer et enfin le lien éventuel avec le loup évadé du parc des Loups du Gévaudan. Les journalistes insistent sur le fait que les cadavres ont été dénudés et dévorés en partie, comme l'avaient été certaines des victimes de la bête.

— S'il vous plaît ! crie Faustine après avoir ouvert la porte-fenêtre. Ne restez-pas là ! Pourriez-vous sortir du périmètre de sécurité ?

Comme des gamins pris en faute, les vacanciers s'exécutent immédiatement sans dire un mot.

— Vous êtes Monsieur et Madame Bastide ? demande Faustine.

— Oui, répond la femme. Excusez-nous : nous sommes un peu en avance !

— Ce n'est pas grave. Bienvenue au Domaine des loups ! Entrez, je vais vous montrer votre chambre. Vous voulez boire quelque chose ?

Consciente d'avoir été un peu sèche, Faustine arbore un large sourire et tente de se rattraper.

Après avoir bu le café offert par leur hôte, le couple âgé semble satisfait en découvrant la chambre qui leur a été attribuée au premier étage.

— Tout est conforme au contenu de l'annonce, remarque la femme avec un sourire. Rien ne manque : le hameau en pleine nature, la maison en granite avec son toit en lauze et ses volets en bois, la grande chambre décorée avec goût, la proximité du parc des loups…

— Vous faîtes souvent des séjours en chambres d'hôtes ? demande Faustine.

— Non, c'est la première fois… D'habitude, nous fréquentons plutôt les clubs de vacances au bord de la mer. Dommage qu'il n'y ait pas un court de tennis ici… Sinon, c'est vraiment charmant chez vous, ajoute Madame Bastide en jetant un regard circulaire autour d'elle. Je suis certaine que nous allons nous plaire chez vous !

— Si vous souhaitez prolonger votre séjour, c'est possible. La chambre est disponible dans les jours qui viennent.

— Ce ne sera pas nécessaire. Nous devons retourner à Nîmes.

Mélanie Castanier dispose maintenant du rapport d'autopsie de Soraya Belounis. Une information judiciaire a été ouverte contre X pour « homicide involontaire par maladresse, imprudence, inattention, négligence ou manquement à une obligation de prudence ou de sécurité imposée par la loi ou le règlement résultant de l'agression commise par des canidés ».

Le rapport d'autopsie confirme que le décès de Soraya est survenu suite à un choc hémorragique consécutif à de multiples plaies, dont les caractéristiques suggèrent l'action d'un ou plusieurs canidés au regard de la répartition des plaies, de leurs différences de morphologies et de leurs profondeurs, sans qu'il soit possible de dénombrer les animaux en raison des nombreuses morsures intriquées dans une même zone.

Les résultats des analyses révèlent que la majorité des poils prélevés sur le corps de la lycéenne appartiennent à un chien avec une forte proportion d'ADN de loup. Cependant, quelques poils d'un autre animal ont aussi été trouvés : il s'agit de ceux d'un loup de Mongolie. Ce ne sont donc pas les poils d'un loup sauvage venant d'Italie. Il est probable que l'animal soit celui qui s'est évadé du parc des loups. En outre, il est difficile de déterminer lequel des deux canidés a attaqué la lycéenne même s'il est probable que ce soit le chien. La salive trouvée sur le cadavre est la sienne.

Le soir, lors du dîner avec ses clients, Faustine a confirmation de la motivation de leur séjour. Monsieur et Madame Bastide l'interrogent longuement sur les circonstances de la découverte du corps de la lycéenne dans sa propriété. Suspense, violence et mort : voilà pourquoi ces gens du Gard sont venus à Sainte-Lucie ! Tous les ingrédients sont réunis pour les intéresser et les intriguer. L'irruption de l'extraordinaire dans la vie ordinaire fascine les gens. Plusieurs fois, Faustine essaye de changer de conversation. En vain. Écœurée, elle n'ose pas rabrouer ses premiers clients. Ceux-ci seraient bien capables de publier sur internet un avis négatif à propos de son accueil ! La jeune femme doit ronger son frein et répondre aimablement au couple. L'être humain n'aime-t-il pas qu'on lui raconte des histoires ?

Le lendemain matin, Faustine, soulagée, suit du regard les Bastide s'éloigner de sa maison et monter dans leur voiture. Combien d'autres curieux va-t-elle devoir accueillir chez elle cet été ? Comment les éviter ? L'espace d'un instant, elle songe à abandonner son activité de maison d'hôtes. Si elle pouvait vendre la maison et quitter la région ! Repartir de zéro une nouvelle fois. Mais pour faire quoi ? Pour aller où ? Et puis maintenant, quelqu'un la retient. Car elle doit bien l'admettre : elle tient beaucoup à Romain.

Le soir, elle se replonge avec plaisir dans son livre qu'elle a presque terminé.

28. LES CHASTEL

1767

Jean Chastel, le tueur de la bête, signait fréquemment les registres paroissiaux à l'occasion des baptêmes, des mariages et des enterrements. Cet homme, réputé un peu bourru, savait lire et écrire à une époque où la plupart des paysans étaient illettrés. Il possédait même une signature assez élaborée. Son grand-père aurait été le fils illégitime d'un noble, Jean de Chastel, seigneur de Servières.

Son frère, Pierre Chastel, fut mêlé à une affaire de meurtre. Il fut interrogé par le procureur d'affaires en la justice du Besset pour la mort suspecte de Joseph Pascal, charpentier à Pompeyrin. Il parvint à s'enfuir de la province du Gévaudan et fit alors l'objet d'une condamnation à mort par contumace. Il revint quelques années plus tard à Darnes et fut peut-être gracié.

Cependant, c'est au fils de Jean Chastel prénommé Antoine qu'on a attribué la réputation la plus sulfureuse. Il a été soupçonné par certains auteurs d'avoir été le meneur de la bête. Il était décrit comme un homme farouche et solitaire. On a même dit de lui qu'il était un loup-garou, un vagabond hirsute vivant au milieu des bois avec sa meute d'énormes chiens. Il aurait eu aussi fort mauvaise réputation dans le pays après avoir vécu avec des protestants. Antoine Chastel, né en 1745 à La Besseyre-Saint-Mary, n'avait pourtant que dix-neuf ans au début de l'affaire.

Selon certains auteurs s'appuyant sur une prétendue tradition orale, Antoine Chastel, âgé de 16 ou 17 ans, se serait enfui de la ferme familiale pour échapper à la milice. Il aurait gagné la Méditerranée pour embarquer sur un navire marchand, comme mousse ou passager clandestin. Il se serait retrouvé en Afrique du Nord où il aurait été fait prisonnier par les Barbaresques qui l'auraient castré puis mis en esclavage. Antoine aurait été recruté dans la ménagerie du dey d'Alger, souverain sous l'autorité de l'Empire ottoman. Il serait devenu le gardien d'une ménagerie d'animaux sauvages destinés à divertir les riches seigneurs.

Pendant ce temps, Jean-François Charles de Molette, comte de Morangiès, officier militaire originaire du Gévaudan et aigri par la défaite de la guerre de Sept Ans, occupait le poste de gouverneur de l'île de Minorque. Il aurait rencontré Antoine Chastel sur les bords de la Méditerranée. Celui-ci s'était alors enfui de la ménagerie en emmenant avec lui une hyène. Dressée à attaquer des humains et ramenée en France, cette dernière serait devenue la bête du Gévaudan. En se mettant au service du seigneur de Morangiès à l'esprit pervers, le fils de Jean Chastel aurait gagné une protection pour assouvir ses propres pulsions. Antoine aurait été un sadique, qui déshabillait, violait et décapitait ses victimes.

Le 19 juin 1767, Antoine Chastel, alors âgé de 22 ans, faisait partie des chasseurs sollicités par le marquis d'Apcher pour encercler les bois de la Ténazeyre, au pied du Mont Mouchet, avec trois cents rabatteurs selon certaines sources. Vers les dix heures du matin, c'est son père Jean Chastel qui tua la bête.

La jeunesse aventureuse d'Antoine Chastel et la légende du dresseur de hyène n'ont jamais pu être prouvées. Les noms des esclaves chrétiens d'Afrique du Nord étaient consignés dans des registres. On n'y a pas trouvé celui d'Antoine Chastel. En 1778, il épousa, à trente-trois ans, Catherine Charitat. Le supposé eunuque eut néanmoins six enfants entre 1778 et 1787... Il mourut à l'âge de 78 ans en 1823.

À l'époque de l'affaire, des essayistes publiaient déjà des recueils sur la bête du Gévaudan. Ils n'eurent jamais de soupçons à propos du fils de Jean Chastel. Les archives judiciaires n'ont gardé aucune trace de ses éventuels crimes. Il n'est jamais allé dans les bagnes de Toulon ou de Marseille. La tradition orale a très probablement transformé ce paysan en un personnage un peu étrange, entouré de molosses. Tout comme elle a attribué à son père le surnom du « fils de la sorcière ».

29. RÉCEPTION

Jeudi 7 juin 2018

« Les repas de famille ne consistent pas à se manger entre parents. »
Jules Jouy

En fin d'après-midi, Faustine se rend chez Romain pour l'aider à préparer sa fête d'anniversaire. Le directeur du parc a invité ses proches à l'occasion de ses trente ans. Dans la soirée, ce sont les parents de Romain qui arrivent les premiers. Ces instituteurs à la retraite, âgés d'une soixantaine d'années, apparaissent très avenants. Ils affichent un large sourire à Faustine quand Romain leur présente la jeune femme. Le père ressemble assez à son fils pour qu'on devine leur lien de parenté. Lui aussi a des épais cheveux bruns, mais qui grisonnent aux tempes. Et ils sont de la même taille. La mère est discrète et peu bavarde. Comme son fils.

Ensuite arrivent l'oncle et la tante, des libraires de Marvejols. Pas du tout le même style. L'oncle avance avec une grande assurance en arborant un air satisfait et un sourire qui lui ferme presque les yeux. La tante est une femme trop maquillée aux cheveux blonds peroxydés et au bronzage impeccable. Est-ce le soleil printanier de Lozère le responsable de sa peau trop hâlée ? Faustine en doute. Le grand-père, un homme de petite taille qui marche avec difficulté, les accompagne. Puis, la grande sœur de Romain, venue seule, fait son entrée. Élégante, elle adopte un style plutôt décontracté : un blazer rouge ouvert sur un top blanc simple, un jean slim noir et des escarpins. Romain présente Faustine à ses invités comme « amie et nouvelle voisine ». La jeune femme est soulagée sur le moment mais l'oncle sans gêne ne peut s'empêcher de laisser échapper une réflexion.

— C'est bien la première fois que Romain nous présente une femme ! dit-il en ricanant.

Le dit Romain fait celui qui n'a rien entendu. Faustine, elle, vit un grand moment de solitude. Voilà, c'est dit. C'est comme si on lui avait collé tout à coup sur le front une étiquette avec écrit dessus « petite amie de Romain ».

— Cela ne vous fait pas peur d'ouvrir des chambres d'hôtes ici ? demande l'oncle de son amant en se tournant vers elle. C'est un pari risqué...

— Pourquoi dîtes-vous cela ? demande Faustine, d'un air faussement étonné.

— On a vu des gîtes ouvrir en mai puis fermer en septembre de la même année. La Lozère, c'est dur l'hiver. Et puis, ce n'est pas une activité très lucrative contrairement à ce que certaines personnes peuvent penser...

— Je ne vais pas m'enrichir avec cette activité, c'est certain, répond Faustine, toujours souriante. Mais dès que le beau temps arrivera, les estivants seront au rendez-vous. Les résultats de l'étude de marché que j'ai réalisée avant de m'installer ici étaient plutôt encourageants. Les premières années seront décisives. Espérons que le soleil sera présent cet été...

— Le réchauffement climatique vous sera peut-être favorable...

— Peut-être en effet...

Soudain, interloquée, Faustine aperçoit Jérémi sur le seuil de la porte d'entrée. Que peut-il bien faire là ? Il est plus de dix-neuf heures. Est-il présent pour des raisons professionnelles ? C'est fort possible puisqu'il s'occupe de la plomberie des bâtiments du parc et de celle de tous les gîtes de Sainte-Lucie. Cependant, quand Faustine constate que Jérémi fait trois bises à chacune des personnes présentes, elle doit admettre à contrecœur qu'il fait partie, comme elle, des invités.

Faustine ignore complètement le lien qui existe entre Romain et Jérémi. Le premier n'a jamais parlé du second et inversement. Ils ont à peu près le même âge et sont tous les deux de Marvejols. Ce n'est donc pas surprenant qu'ils se connaissent. Ils ont peut-être été à l'école ensemble. Lors des présentations, Faustine ne tarde pas à avoir la réponse à sa question et elle en reste stupéfaite : Jérémi est le cousin de Romain, le fils de l'oncle et de la tante libraires déjà présents dans la maison ! Le directeur du parc abandonne alors la jeune femme pour se diriger vers les derniers arrivants, un couple de vieux amis de la famille. Faustine se retrouve alors seule face à Jérémi.

— Alors comme ça, lui glisse Jérémi à l'oreille, tu couches aussi avec mon cousin ?

Faustine n'apprécie guère le ton et le contenu de la remarque. Elle se sent rougir et a chaud tout d'un coup. Elle transpire même sous le coup de l'émotion.

— Mais pourquoi n'as-tu pas répondu à mes messages ? lui demande-t-elle, agacée. Je te rappelle que tu as toujours des travaux à finir chez moi…

— Dois-je te rappeler maintenant pourquoi je n'ai pas pu terminer la dernière fois ? demande Jérémi avec un sourire entendu.

— Non, ça ira. Merci.

Faustine s'éloigne vite pour aller aider Romain en cuisine. Elle est contrariée par la présence du plombier et son attitude envers elle. Il a déjà réussi à lui gâcher la soirée. Elle appréhende la suite. À table, heureusement, elle est placée loin de Jérémi qui est assis à l'autre extrémité. Elle parvient peu à peu à l'oublier et à se décontracter. Le dîner est délicieux et la conversation des convives intéressante.

Autour de la table, l'atmosphère est détendue et chacun fait de son mieux pour que Faustine se sente la bienvenue. L'assistance semble intéressée par les propos de cette jeune Parisienne qui expose les raisons de son installation à Sainte-Lucie et énumère les travaux effectués dans sa maison afin de pouvoir ouvrir des chambres d'hôtes. Faustine se sentirait presque en famille, elle qui n'en a plus. Le temps d'une soirée, elle est persuadée d'avoir fait le bon choix en venant s'établir ici. Quand la fête est terminée, alors qu'ils se retrouvent tous les deux seuls dans la cuisine, Faustine interroge Romain.

— Je ne savais pas que Jérémi et toi vous étiez cousins...

— Je ne t'en ai pas parlé car je ne savais pas que tu le connaissais, dit Romain, surpris et un peu contrarié. Où l'as-tu rencontré ?

— C'est lui qui a réalisé les travaux de plomberie chez moi. Il avait déjà travaillé pour mes parents lors de leurs derniers séjours ici. J'ignorais votre lien de parenté. Je ne m'attendais pas à le voir chez toi. Cet hiver, tu as bien dû voir sa camionnette garée devant chez moi ?

— Tu sais, Jérémi vient régulièrement à Sainte-Lucie. Il fait des réparations dans les gîtes ainsi que dans les installations du parc. Donc, la présence de sa camionnette n'a rien d'étonnant ici. Je n'y prête aucune attention. J'ignorais qu'il intervenait aussi chez toi. Comme je n'étais pas présent chez moi dans la journée, j'ai rarement croisé les artisans qui sont venus dans ta maison cet hiver. Je ne les ai même pas vus, je crois.

— Vous êtes proches l'un de l'autre, Jérémi et toi ?

— Oui et non, répond Romain. Nous nous fréquentions beaucoup quand nous étions enfants. Jérémi a deux ans de moins que moi et nous habitions dans le même quartier de Marvejols. On jouait souvent ensemble. Je le considérais un peu comme mon petit frère. Puis, à l'adolescence, nous nous sommes un peu perdus de vue. Nous n'avions pas les mêmes centres d'intérêt et les mêmes loisirs. Jérémi a un caractère assez difficile. Il est susceptible et se froisse pour pas grand-chose. Plusieurs fois, nous sommes restés des mois sans nous parler pour des raisons stupides. Ensuite, j'ai quitté la Lozère pour poursuivre mes études ; on s'est alors un peu perdus de vue. Mon cousin se passionne depuis l'enfance pour l'histoire locale et se rend régulièrement aux Archives départementales pour y étudier des documents anciens. Ce n'est pas trop mon truc.

— J'avais cru remarquer ! s'exclame Faustine. C'est aussi un descendant de Jean Chastel ?

— Oui, tout à fait. Il ne m'en a jamais parlé mais je suis à peu près sûr que, lui, il a effectué des recherches généalogiques pour le vérifier... Mais ce qui caractérise surtout Jérémi, c'est son attirance pour la fête, les soirées et les filles. Il a toujours aimé sortir. C'est aussi un séducteur invétéré qui se vante de ses exploits sexuels, un homme qui prend plaisir à rechercher et enchaîner les conquêtes féminines. Il ne s'attache pas.

30. DISSIMULATION

Vendredi 15 juin 2018

« Il n'y a secret qui tôt ou tard ne soit découvert »
proverbe espagnol

Cela fait presque un mois que la vie des parents de Soraya Belounis a basculé. Ils sont brisés et choqués par cette perte soudaine et violente. Karim, le père, s'est enfermé dans le silence et passe de plus en plus de temps dans son magasin d'alimentation. Il se lève tôt et revient au domicile familial tard le soir. Malika, la mère au foyer, souffre non seulement de l'absence de sa fille mais aussi de la réaction de son mari qui s'éloigne peu à peu d'elle. Leur famille est brisée ; rien ne sera plus jamais comme avant. Malika vit mal cette solitude nouvelle. Soraya était la petite dernière d'une fratrie de quatre enfants. Elle était la seule à habiter encore avec ses parents. Les aînés ont quitté le foyer et la région depuis quelques années ; ils vivent maintenant aux quatre coins de la France et Soraya ne les voit plus très souvent.

Il est un peu plus de 8 heures 20. Karim est déjà parti ouvrir sa boutique située dans le centre historique de Marvejols. Malika boit une deuxième tasse de café et se décide à monter l'escalier qui mène aux chambres. Elle s'arrête sur le palier, et fixe une porte fermée. Elle hésite. Elle respire un bon coup et tourne la poignée. C'est la première fois qu'elle entre dans la chambre de Soraya depuis des semaines. Elle n'a rien touché à l'intérieur depuis le 19 mai. Seuls les gendarmes y ont pénétré pour chercher un indice qui pourrait expliquer l'escapade de Soraya dans la vallée de l'Enfer.

La pièce est plongée dans l'obscurité. Malika commence par ouvrir les fenêtres et les volets en bois. Rien n'a changé ; c'est comme si Soraya était partie ce matin. Une larme coule sur la joue de la mère endeuillée. Elle ramasse les magazines qui traînent sur le sol et range les vêtements posés sur le lit. Elle enlève la couette du lit puis les draps. Elle porte tout le linge dans la machine à laver située dans la salle d'eau au fond du couloir. Quand elle revient dans la chambre, elle aperçoit quelque chose sous le matelas qu'elle a légèrement déplacé en ôtant les draps. Elle s'approche, s'accroupit et passe la main entre le sommier et le matelas. Elle attrape l'objet dissimulé. C'est un carnet à spirale à la couverture cartonnée de couleur rouge. Malika l'a déjà vu dans les mains de sa fille mais elle ignore ce qu'il contient. Intriguée, elle l'ouvre. En haut de chaque page, il y a une date. Cela ressemble à un journal intime. Malika lit une page au hasard. Oui, c'est un carnet où Soraya racontait ses journées, sa vie au lycée, ses impressions, ses sentiments, ses déceptions, ses loisirs et ses fréquentations. La mère tourne fébrilement les pages et s'arrête à la dernière manuscrite. Elle est datée du samedi 19 mai 2018, le jour de la disparition de Soraya. Malika lit rapidement son contenu. Son visage se fige, son cœur se met à battre plus vite. Elle est sidérée.

31. FRISSONS

Vendredi 15 juin 2018

« Comme jaloux je souffre quatre fois : d'être exclu, d'être agressif, d'être fou et d'être commun »
Roland Barthes

Il est presque onze heures du matin. Faustine rentre chez elle après avoir fait des courses à Marvejols. Alors qu'elle se dirige vers la cuisine pour y déposer ses provisions, elle entend du mouvement à l'étage, comme des pas sur le palier. Un nouveau bruit, plus fort, la fige. Elle s'arrête et retient sa respiration. Faustine attend. Silence total. Elle n'entend que son cœur qui se met à battre plus fort. Les craquements reprennent. Non, ce n'est pas le bruit des pas du fantôme de sa grand-tante qu'elle connaît trop bien. Il s'agit de craquements plus réels, plus nets. Ce n'est pas son imagination qui lui joue des tours : il y a vraiment quelqu'un là-haut ! Mais qui a bien pu rentrer ? Et par où ?

Faustine commence à se trouver mal. Elle demeure figée dans la cuisine, s'efforçant de capter un autre bruit. Quand le réfrigérateur se met en route à côté d'elle, elle sursaute. Finalement, décidant que tout ceci n'a aucun sens, elle passe dans le salon et jette un coup d'œil dans l'escalier. Elle se dirige ensuite vers sa chambre. C'est à ce moment qu'elle percute quelqu'un. Un homme dont elle reconnaît immédiatement l'eau de toilette envoûtante. Une odeur familière qui lui rappelle une certaine nuit qu'elle n'a pas oubliée.

— Jérémi, que fais-tu ici ? demande Faustine. Tu m'as fait peur !

— Je suis venu finir les travaux dans ta salle de bains du haut. La baignoire fonctionne maintenant. Je t'enverrai la facture dans quelques jours.

— Mais comment es-tu entré dans la maison ? demande la jeune femme, encore sous le choc.

— Tu m'as laissé un jeu de clefs pour les travaux, rappelle-toi. Aujourd'hui, je te le rends. Je n'en ai plus besoin, dit-il en tendant les clefs.

— Je n'ai pas vu ta camionnette dehors.

— Je l'ai garée au parking visiteurs du parc. J'avais une facture à déposer là-bas.

— Tu aurais pu me prévenir de ton passage...

— Je ne pensais pas pouvoir venir au début. Mais j'ai fini plus tôt chez un autre client. J'ai essayé plusieurs fois de t'appeler ce matin pour t'avertir mais tu ne répondais pas. Je t'ai même laissé un message.

Faustine se souvient en effet d'avoir laissé son smartphone dans la voiture quand elle est allée au supermarché. Elle n'a pas pensé à le consulter à son retour, trop pressée de rentrer.

— Tu es libre ce soir ? demande soudain Jérémi.

— Non, répond Faustine, sidérée par sa proposition.

— Demain soir alors ? insiste-t-il.

Son ton devient dur et impatient.

— Non plus, répond Faustine, de plus en plus embarrassée. Jérémi, ce n'est pas une bonne idée... Pourquoi es-tu parti sans me laisser un message l'autre fois ?

Pour toute réponse, le plombier attire Faustine contre lui violemment et cherche à l'embrasser. Mais elle détourne la tête.

— Tu étais moins farouche l'autre jour, lui murmure Jérémi à l'oreille.

— Tu ne t'es pas manifesté depuis cette nuit-là, répond sèchement Faustine. Pourquoi es-tu parti en douce ? Pourquoi n'as-tu pas répondu à mes SMS et à mes appels ? J'ai pensé que tu ne t'intéressais plus à moi ! Il s'est passé tellement de choses, ici, en deux mois.

— J'ai eu beaucoup de travail pendant ce temps, tu ne peux pas imaginer... Le matin où je t'ai quittée, je devais aller sur un chantier. Je suis parti très tôt et tu dormais profondément. Je n'ai pas voulu te réveiller. La plomberie, ça n'arrête pas : il y a toujours un robinet qui fuit ou un évier bouché quelque part. Sans parler des gros chantiers. Mais dis-moi, qu'est-ce-qui a tellement changé depuis la dernière fois ?

Faustine le croirait presque. Nul doute qu'il a beaucoup de travail mais il aurait quand même pu répondre à un de ses textos.

— Il me semble que tu as très bien compris à la soirée d'anniversaire, dit-elle. Je suis avec Romain maintenant. C'est sérieux entre nous. Il vaudrait mieux que tu t'en ailles... Je suis désolée.

— J'ai envie de toi, là, maintenant...

— Moi, je n'ai pas envie. Je te l'ai déjà dit !

— Je veux bien partager avec mon cousin, murmure Jérémi.

— Même pas en rêve !

— Tu ne peux pas nier qu'il existe une attirance bien réelle entre toi et moi. Je dirais même que nous n'étions pas loin du coup de foudre.

— Arrête... Ce n'est pas drôle !

Jérémi attire Faustine dans ses bras.

— Ma chérie, tu dois admettre que tu me désires. Comme je te désire. Souviens-toi de la nuit que nous avons passée ensemble.

— C'est du passé. J'étais seule à l'époque ; maintenant, j'ai quelqu'un. Lâche-moi, Jérémi ! Je garde un excellent souvenir de cette nuit-là mais restons-en là. Ne gâche pas tout !

— Pas encore, ma jolie. Mon amour-propre est un peu froissé, tu sais. J'aimerais que tu m'embrasses comme l'autre soir...

Renonçant pour l'instant à employer la force pour se dégager, Faustine adopte la tactique consistant à se laisser glisser entre les bras qui la tiennent. Une fois au sol, elle se relève promptement et recule de quelques pas. Mais Jérémi la rattrape. Faustine se dit que Romain a oublié de lui mentionner un trait de caractère important de son cousin : il déteste qu'on lui résiste.

Envahie d'une vague de panique, elle tente de s'arracher à l'emprise de cet homme qu'elle a pourtant tant désiré il n'y a pas si longtemps que ça. Mais celui-ci la tient fermement. Faustine le combat de toutes ses forces. Peine perdue. Jérémi la maintient pressée contre lui, une de ses mains lui emprisonnant les bras derrière le dos tandis que l'autre la force à relever la tête vers lui. Alors qu'il tente de l'embrasser, elle se dégage violemment.

— Sors d'ici, Jérémi ! crie-t-elle.

Jérémi prend Faustine un peu rudement par les bras. Elle frissonne devant son regard dur. Jamais elle ne l'a vu aussi hostile. Elle fait un pas en arrière en tremblant de tout son corps. Jérémi saute sur elle. Faustine le repousse, d'abord gentiment, puis plus fermement, mais il revient à la charge.

— Tu aimes te faire désirer, Faustine...

Faustine le repousse cette fois plus violemment mais il la plaque contre le mur d'une poigne ferme. Elle se sent envahie par une vague de terreur qui lui noue la gorge. Tout ce qui lui a paru si complexe ces dernières semaines devient d'une extrême simplicité. Les pièces du puzzle s'assemblent enfin : l'ancêtre Chastel, la passion de Jérémi pour l'histoire locale, ses conquêtes féminines, le collier de femme qui a mystérieusement disparu de la petite table du salon, les clefs de la maison en sa possession...

C'est à ce moment-là qu'on frappe à la porte d'entrée. Jérémi lâche Faustine et recule. La jeune femme se précipite vers le couloir et va ouvrir la porte. Elle se retrouve face à Romain.

— Salut Faustine, tu es prête ? demande-t-il avant de l'embrasser.

— Euh… pourquoi ?

— Pour aller au restaurant ! Tu as oublié ?

— Euh… non ! Mais Jérémi vient de terminer les travaux dans la salle de bains du haut et je n'ai pas eu le temps de me préparer…

Le directeur du parc pénètre dans la maison et salue son cousin qu'il n'avait pas remarqué.

— Oui, les travaux sont complètement terminés, confirme Jérémi. Faustine va pouvoir ouvrir toutes ses chambres d'hôtes maintenant.

Jérémi va récupérer son matériel à l'étage. Quand il redescend, il se dirige rapidement vers la porte et jette un dernier regard à Faustine.

— Je t'enverrai la facture. À bientôt !

Jérémi s'éclipse. Alors qu'il s'éloigne rapidement de la maison, Faustine reste silencieuse.

Une fois seuls, Romain attire Faustine contre lui et la serre dans ses bras. Il s'aperçoit qu'elle tremble comme une feuille.

— Tout va bien ? demande Romain, inquiet.

— Oui, ça va… Je dois avoir un peu de fièvre. Rien de grave.

32. ARRESTATION

Samedi 16 juin 2018

« On doit des égards aux vivants ; on ne doit aux morts que la vérité. »
Voltaire

Encore bouleversée par la visite de Jérémi, Faustine se rend à la gendarmerie de Marvejols. Elle n'a rien dit à Romain de ce qui s'est passé la veille, juste avant son arrivée inopinée. C'est Alexis Chardaire qui la reçoit. Elle reconnaît immédiatement le gendarme qui était intervenu lors de la découverte du corps d'Olympe Chauvet dans son jardin. Elle se sent en confiance avec lui, ce qui va lui faciliter la tâche. Elle se résout à déposer une plainte contre Jérémi Teyssandier pour sa tentative d'agression de la veille en omettant de préciser qu'il a été son amant. Elle fait part à Alexis Chardaire de ses soupçons le concernant. Selon elle, Jérémi pourrait être impliqué dans le meurtre d'Olympe. Elle décrit le collier de femme trouvé dans son canapé en précisant que, depuis, il a mystérieusement disparu de la petite table où elle l'avait déposé. Elle évoque aussi le lien de parenté existant entre le plombier et Jean Chastel, le tueur de la bête, ainsi que de la fascination du jeune homme pour cette sombre affaire.

— Je peux vous rassurer, Madame. Il ne reviendra pas vous importuner avant un moment. Nous venons de procéder à son interpellation dans le cadre du meurtre de Soraya Belounis.

— Comment ? s'exclame Faustine, sidérée.

— Nous avons de bonnes raisons de croire que Jérémi Teyssandier avait rendez-vous avec la victime le jour de sa disparition. Je ne peux rien vous dire de plus pour le moment. Nous sommes en train de l'interroger.

À la SR de Nîmes, Mélanie Castanier et deux de ses collègues sont assis en face de Jérémi.

— Nous avons un nouvel élément dans l'affaire de la mort de Soraya Belounis, annonce calmement Mélanie. Ses parents ont retrouvé le journal intime qu'elle tenait caché sous le matelas de son lit.

— En quoi cela me concerne-t-il ? réplique le plombier sèchement.

— Dans les dernières pages de son journal, celles qui correspondent aux quatre semaines précédant sa mort, Soraya parlait de vous d'une façon qui semble indiquer qu'elle était fascinée par vous. Je dirais même qu'elle était amoureuse de vous…

— Impossible ! Je connaissais à peine Soraya. Je l'ai juste croisée à plusieurs soirées et dans des cafés de Marvejols. C'est tout !

— Vous lui aviez tapé dans l'œil apparemment !

En dévisageant Jérémi, Mélanie comprend facilement pourquoi la jeune Soraya s'était entichée du jeune homme. Sa beauté est incontestable. Et puis il a ce côté « bad boy » qui peut plaire à une adolescente.

— Jérémi, la lycéenne parlait beaucoup de vous dans son journal intime. Elle a écrit qu'elle vous trouvait canon, sexy… Une vraie admiratrice ! Et puis, sur la dernière page écrite, datée du jour de sa disparition, elle note : « J'ai rendez-vous avec Jérémi aujourd'hui ».

Nous n'avons identifié personne d'autre que vous portant ce prénom dans son entourage, surtout orthographié de cette façon. Cela ne peut donc être que vous !

— Je vous répète que je n'ai pas vu Soraya le jour de sa disparition ! crie Jérémi. Je suis innocent ! Oui, elle me tournait autour. Je l'avoue. Et alors ?

Jérémi hausse le ton, il se tord les doigts. Il commence à sortir de ses gonds.

— Elle me harcelait même, mais je vous répète qu'elle ne m'intéressait pas ! Alors, pas du tout !

— Calmez-vous ! dit Mélanie. Si vous n'étiez pas avec elle ce jour-là, où étiez-vous ?

— Chez moi.

— Avec qui ?

— J'étais seul.

— Quelqu'un peut-il en témoigner ? Un voisin ?

— Ma maison est isolée ; je n'ai pas de voisin. Le hameau le plus proche est à deux kilomètres.

— Donc, vous n'avez pas d'alibi ?

— Je suis resté chez moi, répète Jérémi qui retrouve son calme. Je suis innocent.

33. RÉVÉLATIONS

Mercredi 20 juin 2018

Mélanie Castanier appréhende le prochain interrogatoire de Jérémi Teyssandier. Elle sait que ce sera un moment crucial de l'enquête et elle n'est pas du tout certaine de parvenir à lui arracher des aveux.

À 9 heures, on amène le suspect dans une pièce exiguë, aux murs gris. Derrière la vitre, Mélanie prend quelques instants pour l'observer. Il est calme.

Les experts psychiatriques mandatés par la justice ne lui ont pas diagnostiqué de troubles précis. Cependant, ils ont mentionné des frustrations chez Jérémi Teyssandier. Ce dernier n'est pas satisfait de sa situation professionnelle. Il aurait préféré exercer un autre métier que celui de plombier, vers lequel on l'a orienté suite à de mauvais résultats scolaires. Par ailleurs, il multiplie les aventures amoureuses, incapable d'établir une relation durable avec une femme. La clé de l'énigme pourrait se trouver dans son histoire familiale, dans l'héritage de traumatismes transmis de génération en génération, sans en être conscient. Dans son cas, il s'agirait des secrets et des rumeurs liés à Jean et Antoine Chastel impliqués dans l'affaire de la bête du Gévaudan il y a 250 ans.

Mélanie reste sceptique : il lui est difficile d'admettre qu'une charge familiale invisible faite de drames puisse s'exprimer au travers d'un mal être chez un individu sept ou huit générations après. Si Jérémi a pu être affecté par la réputation sulfureuse de ses ancêtres, ça ne fait pas de lui un assassin pour autant.

L'audition reprend. Mélanie et un collègue de la SR s'assoient en face de Jérémi. L'enquêtrice affronte du regard le suspect et ne peut s'empêcher d'être fascinée par sa beauté et surtout par son regard profond.

Elle ne croit pas que Jérémi soit un tueur en série ou un psychopathe. Il suffit de voir la manière dont il se tient ou d'analyser l'expression de son regard pour le trouver plutôt équilibré. Trouver le mobile des crimes va être d'autant plus difficile.

— Bon, dit l'enquêtrice en ouvrant son dossier. On va commencer par votre emploi du temps. Que faisiez-vous le soir du samedi 17 juin 2017 ? Plusieurs témoins vous ont vu à la soirée où Olympe a été aperçue pour la dernière fois. Pouvez-vous me confirmer votre présence ?

Aucune expression ne transparaît sur le visage de Jérémi.

— Je sors souvent les samedis soirs, répond le suspect. Oui, j'étais à cette soirée, mais pas avec Olympe.

— Vous connaissiez donc Olympe ? reprend Mélanie.

Jérémi hésite avant de sourire.

— Un peu. Marvejols est une petite ville vous savez. On finit par connaître beaucoup de monde. Je suis intervenu plusieurs fois chez ses parents pour des travaux de plomberie et je l'ai croisée au parc des Loups du Gévaudan lors d'une animation.

— Vous n'êtes jamais sorti avec elle ?

— Qu'entendez-vous par sortir ?

— Quelles étaient la nature de vos relations ?

— Je vous l'ai dit, on se croisait dans certains lieux publics ou dans la rue. On se connaissait mais rien de plus.

— Rien de plus, vraiment ? s'étonne Mélanie. Pourtant, Olympe avait confié à une de ses amies, Soraya, la lycéenne retrouvée morte au fond de la Vallée de l'Enfer, qu'elle avait eu ses premières relations sexuelles avec vous. Quelques semaines avant sa disparition.

— D'où tenez-vous cette information ? C'est délirant !

— Soraya l'a écrit dans son journal intime…

— Ce n'est pas parce qu'elle l'a écrit que c'est vrai ! Ce sont des fantasmes d'adolescentes !

Jérémi paraît soudain mal à l'aise. Il se tortille sur sa chaise, le regard fuyant. Il ne tient plus en place. Mélanie remarque que ses doigts se mettent à pianoter frénétiquement sur la table en métal et se demande si elle a marqué un point.

— J'aimerais que vous me disiez ce que vous avez fait dans la nuit du samedi 17 au dimanche 18 juin. Je vous conseille de faire un effort !

La froideur et la dureté du ton de Mélanie ont l'effet d'une gifle sur Jérémi. Il n'a pas l'habitude qu'une femme lui parle de la sorte.

— Je suis allé à cette soirée et ensuite je suis rentré chez moi.

— Seul ?

— Oui.

— Avez-vous parlé à Olympe pendant cette soirée ?

— Écoutez, cela va faire bientôt un an. Je me souviens l'avoir aperçue, c'est tout.

— On a perquisitionné votre domicile au milieu des bois et trouvé un chien dans un enclos. C'est le vôtre ?

Il marque une pause, hésitant.

— Oui, j'ai un chien : Anubis.

— Nous avons réalisé des prélèvements de son ADN. J'ai la conviction qu'il s'agit du même que celui retrouvé sur les corps de Chloé Bouquet et de Soraya Belounis, les deux camarades de classe d'Olympe Chauvet. Nous aurons bientôt les résultats ; c'est une question de jours. Je vous conseille de tout me raconter maintenant ; on gagnera du temps.

Mélanie voit Jérémi déglutir.

— Vous avez ordonné à votre chien d'attaquer Chloé et Soraya !
Pourquoi ?

Il ne répond pas, muré dans son silence.

— Je vais donc raconter votre histoire, poursuit Mélanie. Trois
lycéennes de Marvejols, âgées de 16 ans, étaient dans la même classe
de première l'année dernière. L'une d'elles, Olympe Chauvet, a eu ses
premières relations sexuelles avec vous, un homme de douze ans de
plus qu'elle. Le jeudi 15 juin 2017, les filles ont passé les épreuves
écrites de français du baccalauréat. Deux jours plus tard, le
samedi 17 juin, elles se retrouvent dans une soirée dans une salle
située au bord de la Colagne. Beaucoup de lycéens sont présents.
Vous y êtes également : des témoins vous ont aperçu en compagnie
d'une autre fille du lycée. Apparemment, vous aimez les filles
jeunes... Olympe disparaît lors de cette soirée. On ne la retrouvera
que dix mois plus tard, enterrée dans un jardin de Sainte-Lucie à
10 kilomètres de là. L'autopsie révèle qu'elle a reçu un coup sur la
tête. Alors, dites-moi : étiez-vous encore le petit ami d'Olympe
Chauvet à ce moment-là ?

Jérémi garde le silence. Mélanie poursuit son récit.

— Une semaine après sa disparition, sa meilleure amie, Chloé
Bouquet, meurt à son tour, attaquée par un chien à Saint-Chély-
d'Apcher à 30 kilomètres de Marvejols. Savait-elle quelque chose sur
la disparition d'Olympe ?

Toujours aucune réaction du suspect.

— Onze mois plus tard, Soraya Belounis, qui discutait avec Olympe
et Chloé à la soirée, meurt à son tour dans des conditions étranges, au
fond de la Vallée de l'Enfer, non loin de Sainte-Lucie. Sa mort
intervient un mois après la découverte du corps d'Olympe. Simple
coïncidence ?

Jérémi baisse les yeux.

— Le jour de sa disparition, assène Mélanie, Soraya avait rendez-
vous avec vous. Dans son journal intime, elle écrit même qu'elle était
amoureuse de vous ! Fantasme d'une adolescente ? Je n'y crois pas !

Mélanie fixe Jérémi et ne le lâche plus des yeux.

— Allez-y, Jérémi. Finissez cette histoire !

— Je n'ai pas tué Olympe.

Mélanie se penche vers lui.

— Qui l'a tuée alors ?

— C'était un accident...

— Comment ça, un accident ? Racontez-moi ce qui s'est passé ce soir-là !

— Le samedi 17 juin, j'ai vu Olympe après la soirée. On est allés ensemble à Sainte-Lucie. À l'époque, j'hébergeais un cousin chez moi. Pour être tranquille, j'amenais les filles dans la maison inhabitée de la famille Dalle. J'avais un jeu de clefs de la propriété puisque je m'occupais de la maintenance de la chaudière et j'effectuais parfois des réparations en leur absence. Ce soir-là, avec Olympe, nous avons eu une dispute...

34. TENSION (UN AN PLUS TÔT)

Samedi 17 juin 2017

« Quel ravage un être peut causer par la seule force de sa séduction. »
Sacha Guitry

La soirée paraît interminable à Olympe. La tête lui tourne ; elle a trop bu. Ses amies Chloé et Soraya n'ont cessé de remplir son verre. Elle a hâte de se retrouver seule avec Jérémi, son petit ami. C'est ce dernier qui a insisté pour qu'elle vienne à cette soirée ; il adore faire la fête. Elle s'en serait bien passé et aurait préféré un tête-à-tête en amoureux. Ils sont venus chacun de leur côté et n'ont même pas encore eu l'occasion de se parler, ni même de se voir. Elle a été immédiatement accaparée par ses copines de lycée qui ne la lâchent plus. Accablée par la chaleur et la fumée de cigarette dans la salle remplie de monde, elle n'a pas envie de danser. Pour pouvoir s'échapper discrètement, elle raconte aux autres qu'elle doit aller aux toilettes. Heureusement, aucune n'a la mauvaise idée de l'y accompagner.

Olympe fend la foule et cherche son petit ami du regard. Au bout de quelques minutes, elle aperçoit Jasmine, la fille populaire des classes de première, en train de flirter ouvertement avec Jérémi. Ce dernier semble très flatté d'être l'objet de tant d'attention. Olympe est dévastée devant cette scène : va-t-elle laisser faire cette chipie ? Elle est d'autant plus en colère qu'elle demeure impuissante. Si elle entreprend quelque chose, elle va paraître ridicule et tout le monde va être au courant de ses sentiments. Elle met l'attitude de Jérémi sur le compte de l'effet désinhibant de l'alcool. Ils ont l'air tous les deux un peu éméchés. Ce n'est ni le moment ni le lieu pour faire une scène. D'autant plus que Jérémi et elle tiennent absolument à ce que leur relation reste secrète. Elle a 16 ans et lui 28. Elle craint que ses parents portent plainte contre lui pour détournement de mineure. Olympe observe Jasmine de loin : celle-là, elle se croit tout permis avec son physique ! La fille populaire du lycée de Marvejols a tout d'une bimbo : de grands yeux bleus très maquillés, un petit nez retroussé, de longs cheveux blonds, une bouche pulpeuse rouge écarlate, une robe près du corps qui dévoile une poitrine généreuse et un fessier impressionnant,... Olympe, à l'allure plus sobre et au physique passe-partout, peut difficilement rivaliser avec une telle créature.

À force de regarder Jasmine accaparer son petit ami, elle ne peut s'empêcher de se demander s'il y a quelque chose entre eux. Il faudrait que Jérémi remarque sa présence tout en veillant à garder ses distances. Elle commence à tourner autour d'eux sans s'approcher. Dès que le regard de Jérémi croise le sien, elle lui fait signe de la rejoindre. Au bout de quelques secondes, le jeune homme prend congé de Jasmine et suit de loin Olympe qui se dirige déjà vers la sortie de la salle.

— Olympe, tu ne veux pas rester encore un peu ? lui demande Jérémi qui l'a rejointe à l'extérieur.

— Non. Je m'ennuie à cette foutue soirée. Allons à Sainte-Lucie !

— Comme tu veux...

La nuit est tombée et les rues de Marvejols sont désertes. On entend juste la musique qui traverse les murs du bâtiment. Jérémi et Olympe se dirigent vers la camionnette du plombier stationnée sur le vaste parking public bordant la Colagne.

Comme tous les samedis depuis quelques semaines, Jérémi et Olympe se rendent dans une maison inhabitée de Sainte-Lucie pour y faire l'amour. La lycéenne adore cet endroit isolé qui surplombe la Vallée de l'Enfer. Depuis peu, elle est même la marraine d'un des loups du parc situé juste à côté. Le plombier possède un jeu de clefs de cette résidence secondaire appartenant à des Parisiens qui n'y séjournent que pendant les mois de juillet et d'août.

— Nous aurons la maison pour nous tout cet été, annonce Jérémi prenant la route départementale en direction de Sainte-Lucie.

— Les proprio ne viennent pas cette année ? demande Olympe, intriguée.

— Non, la femme est gravement malade. Un cancer, je crois. Ils ne savent pas quand ils pourront revenir. Ils m'ont demandé de passer de temps en temps chez eux pour vérifier que tout va bien.

— Pourquoi ne va-t-on jamais chez toi ?

— Parce qu'on est plus tranquille à Sainte-Lucie. On peut faire l'amour dans toutes les pièces sans être dérangés ! Chez moi, j'héberge toujours mon cousin qui cherche du travail. Tant qu'il n'aura rien trouvé, il continuera de s'incruster. Il passe son temps scotché devant l'ordinateur en train de parcourir les offres d'emploi sur internet. Mais dès qu'il aura trouvé un job, il partira.

Jérémi gare son véhicule sur le parking visiteurs du parc des Loups du Gévaudan. C'est plus discret. Et, à cette heure-ci, personne ne la remarquera. S'il s'engageait sur la route qui traverse Sainte-Lucie, il pourrait attirer l'attention de son cousin Romain Lafont. D'ailleurs, pour ne pas être vu de ce dernier qui habite en face de la maison des Dalle, le jeune couple emprunte un petit sentier en terre qui passe derrière la propriété et escalade la clôture.

Olympe, qui est restée silencieuse pendant tout le trajet, se décide à aborder le sujet qui la tourmente quand ils se retrouvent tous les deux assis dans le canapé crème du grand salon de la vieille maison.

— Jérémi, dis-moi, qu'est-ce-que tu manigances avec Jasmine ?

— De quoi parles-tu, Olympe ?

— Je vous ai vus, tous les deux à la soirée. Vous aviez l'air de bien vous entendre.

— C'est une fille sympa.

— Seulement sympa ? Tu te fous de moi !

— Je n'ai rien fait de mal, je te promets !

— Ah bon ? Vous flirtiez ! Vous étiez l'un contre l'autre. Tu crois que je ne vous ai pas vus ?

— Tu connais, Jasmine. C'est une allumeuse. Tu n'as pas à t'inquiéter.

— Tu te fais draguer par des filles de seize ans ?

— Et toi, quel âge as-tu, Olympe ?

Olympe a exactement le même âge que Jasmine mais elle se considère bien plus mûre que la plupart des filles de son lycée. Sa différence d'âge avec Jérémi n'a aucune importance à ses yeux. Ce sont ses parents que ça dérangerait ! Cependant, elle est choquée quand elle le voit se faire draguer par Jasmine qui a douze ans de moins que lui. Elle n'a pas connu Jérémi lors d'une soirée. Olympe ne fréquente ni les bars ni les discothèques. Elle l'avait déjà croisé chez ses parents où il était venu faire des réparations plusieurs fois. Mais c'est lors d'une animation organisée par le parc des Loups du Gévaudan, il y a quelques semaines, qu'elle a vraiment pu faire sa connaissance. Tous les deux parrains de loups du parc, ils se sont découverts la même passion pour la nature et les animaux. Ils se sont revus le week-end suivant au même endroit et ont échangé leur premier baiser.

La rage au cœur, Olympe se lève, le regarde et sent ses yeux se remplir de larmes. Jérémi la rejoint et lui fait face.

— Allez, tu ne vas pas me faire la gueule pour si peu. Viens dans la chambre !

— Non, je n'ai plus envie. Je veux partir !

— Quoi ? Mais pourquoi tu m'as fait quitter la soirée pour venir ici alors ?

— Je ne sais pas. Je ne m'attendais pas à te trouver avec Jasmine. J'ai été choquée. Surtout que je ne t'ai même pas vu de toute la soirée.

— Tu étais en train de rigoler avec tes copines ! Je t'ai vue avec Chloé et une autre. Comment s'appelle-t-elle, cette fille ?

— Soraya Belounis. Nous sommes toutes les trois dans la même classe, en 1re 2. Mes amies ne m'avaient pas dit qu'elles allaient à cette soirée ou alors je n'y ai pas prêté attention. Au départ, je n'étais pas censée m'y trouver non plus. Elles m'ont retenue et je n'ai pas réussi à me libérer plus tôt. Et puis, tu le sais, je ne voulais pas qu'on nous voit ensemble. Tout le lycée l'aurait su. Et l'information serait vite parvenue jusqu'aux oreilles de mes parents. Tout finit par se savoir dans une petite ville !

— Bon. Maintenant, on est ensemble. Oublie pour Jasmine ! Ce n'est qu'une allumeuse.

— Tu as déjà couché avec elle ?

— Non, si c'est ce que tu veux savoir. Et puis, à mon âge, j'ai le droit de faire ce qui me plaît ! On n'est pas mariés, il me semble…

Le ton employé par Jérémi est sec. Ce sont les paroles de trop pour Olympe : elle a les larmes au bord des yeux.

— Tu as tout gâché ! hurle Olympe. Je veux m'en aller. Ramène-moi à Marvejols ! Tout de suite !

La lycéenne remet sa veste et se dirige vers le vestibule. Sans un mot, sans un geste, Jérémi se tient là, lui bloquant le passage. Rien ne transparaît sur son visage. Tout ce qui se produit par la suite baigne dans une atmosphère irréelle. Il tente de lui faire entendre raison, de la prendre dans ses bras mais elle le repousse violemment. Il lui attrape alors le bras fermement. Olympe tente de se dégager et commence à crier. Craignant que les rares voisins puissent l'entendre, il la lâche brusquement. Elle tombe à la renverse, se cogne violemment la tête contre l'angle d'un meuble et atterrit sur le carrelage froid du salon. Elle ne se relève pas, ne bouge pas.

Sous le faible éclairage d'une petite lampe posée sur un meuble d'angle, Jérémi voit une flaque sombre apparaître à côté de ses cheveux : du sang. Il a l'impression de vivre un cauchemar éveillé. Il pose longuement sa tête sur la poitrine d'Olympe : elle ne respire plus. Il tourne la paume de la main gauche de sa petite amie vers le haut et pose trois doigts sous le bracelet de sa montre à la limite de son poignet. Il appuie légèrement : il ne sent rien. Il déplace sa main, place son index et son majeur sur l'un des côtés de son cou pour trouver l'artère carotide, à côté de la trachée. Il exerce une légère pression sur la zone, mais il ne sent toujours pas les battements de son pouls.

La sidération fait bientôt place au désespoir : Olympe est morte.

35. DÉCLARATIONS

Mercredi 20 juin 2018

« L'aveu est la tentation du coupable. »
Georges Bataille

Mélanie Castanier soupire, désemparée.

— Olympe est donc morte suite à sa chute ? demande-t-elle.

— Oui, répond Jérémi, penaud.

— Les techniciens d'investigation criminelle ont découvert des traces de sang lorsqu'ils ont effectué des prélèvements dans la maison de Faustine Dalle après la découverte du corps d'Olympe. Il s'agissait bien de son sang. Pourquoi n'avez-vous pas appelé les secours ?

— À quoi bon puisqu'elle était déjà morte, soupire Jérémi.

— Qu'avez-vous fait après ?

— Je suis resté un long moment immobile, assis à côté d'elle, en espérant qu'elle rouvrirait les yeux, qu'elle bougerait, qu'elle se relèverait. Mais rien ne s'est passé. J'ai réfléchi à ce que je devais faire. J'étais paniqué. D'abord, nous étions dans une maison où nous n'étions pas censés nous trouver. Ensuite, j'étais coupable de détournement de mineure. Enfin, je risquais d'être accusé d'un meurtre que je n'avais pas commis puisque c'était un accident. Tout était contre moi. Alors, j'ai décidé d'enterrer son corps derrière la maison, près de la terrasse. Ce n'était pas très loin de l'endroit où elle était tombée dans le salon. Il suffisait d'ouvrir la porte-fenêtre. J'ai creusé un grand trou, au clair de lune. J'ai ensuite traîné Olympe sur quelques mètres puis je l'ai basculée dedans. J'ai placé à côté d'elle la photocopie du document sur la bête du Gévaudan qu'elle m'avait demandée. Puis j'ai rebouché le trou. Je savais que personne ne viendrait sur ce terrain avant une bonne année. L'herbe aurait repoussé d'ici là. J'étais loin d'imaginer, à ce moment-là, que les propriétaires allaient mourir peu de temps après et que leur fille allait faire creuser une piscine à cet endroit précis.

— Et Chloé ? Nous savons qu'elle était la meilleure amie d'Olympe. Nous saurons bientôt que l'ADN du chien qui l'a attaquée correspond à l'ADN du vôtre. Vous avez dressé votre clébard à l'attaque ?

— Oui. Mon chien est dressé mais ce n'était pas dans l'intention d'attaquer quelqu'un au départ.

— Vous avez fait tuer Chloé par votre chien ?

— Oui...

— Pourquoi ?

— Parce que je suis incapable de tuer quelqu'un de mes mains...

— Vous faîtes faire le boulot par votre toutou, alors ? Quel est le mobile du crime ? Chloé savait quelque chose qu'elle n'aurait pas dû savoir, c'est ça ?

— Quand j'ai vu l'ampleur que prenaient les recherches sur la disparition d'Olympe, j'ai pris peur, dit Jérémi. Je savais qu'on ne retrouverait pas son corps. Personne n'avait de raison de venir le chercher à Sainte-Lucie. Néanmoins, Olympe avait peut-être dit quelque chose sur nos rendez-vous à Chloé qui était sa meilleure amie. Il était possible qu'elle lui ait parlé de moi. Je n'avais aucune certitude. Donc, sachant qu'elle faisait partie des bénévoles qui préparaient la fête de l'inauguration de la statue de la bête du Gévaudan, à Saint-Chély, je me suis dit que c'était l'occasion idéale. Et puis, en tant que descendant des Chastel, qui étaient impliqués dans l'affaire, je trouvais inventif de faire dévorer cette pauvre Chloé par mon chien-loup.

— Inventif ? s'exclame Mélanie. Ce n'est pas l'adjectif que j'aurais choisi ! Moi, j'aurais dit plutôt « cruel » ou « atroce ».

Les pièces du puzzle s'assemblent peu à peu. Mélanie fronce les sourcils ; des questions demeurent pourtant sans réponse.

— L'effraction de la clôture du parc des loups, c'était vous ? demande-t-elle. Quelqu'un a aperçu votre camionnette à Sainte-Lucie cette nuit-là.

— Non ! Cet acte me révolte. Je soutiens le parc depuis des années. Je suis même le parrain d'un loup et je participe régulièrement à des animations. Et puis, le directeur, Romain Lafont, est mon cousin. Je ne lui aurais jamais causé de tort. J'ai l'esprit de famille !

— Vous vous entendez bien avec votre cousin ?

— Oui, même s'il m'a piqué ma petite amie.

— Alors, que faisait votre véhicule à Sainte-Lucie dans la nuit du 12 au 13 avril ?

— J'étais avec Faustine Dalle, ma petite amie.

— Faustine Dalle est votre petite amie ? demande Mélanie, interloquée.

— Oui, tout à fait !

— Pourtant, elle a déposé une plainte contre vous. Vous l'auriez agressée à son domicile le vendredi 15 juin. Elle a mentionné que vous étiez chez elle pour terminer des travaux de plomberie. Elle n'a pas mentionné que vous étiez son petit ami…

— Faustine a la mémoire courte : elle est ma cliente ET ma petite amie.

— Pourquoi l'avez-vous agressée ?

— Je ne l'ai pas agressée. C'était juste une dispute d'amoureux. Je venais d'apprendre qu'elle me trompait avec mon cousin, Romain Lafont.

— Une crise de jalousie, alors…

— Appelez ça comme vous voulez.

Mélanie souffle. Les conquêtes de Jérémi pourraient la faire sourire en d'autres circonstances, mais là trois lycéennes sont mortes. Quand elle le regarde, elle ne peut s'empêcher de penser qu'il possède un charme diabolique. Elle-même, pourtant méfiante, aurait pu succomber. Elle se félicite de n'être jamais tombée sur ce qu'elle appelle un homme fatal, un homme qui sait profiter de son pouvoir de séduction et de la vulnérabilité des femmes, et qui peut conduire celles-ci aux dernières extrémités.

Il reste encore le cas de la troisième lycéenne, Soraya, à élucider.

— Et Soraya Belounis, elle était aussi votre petite amie ? demande Mélanie.

— Non.

— Vous la connaissiez ?

— De vue, uniquement. Je la croisais de temps en temps dans des soirées. Mais, je ne suis jamais sorti avec elle. Elle n'était pas du tout mon genre.

Mélanie se retient de sourire : elle se demande quel est le genre de femme qui plaît à Jérémi. Parce qu'il a plutôt l'air de sauter sur tout ce qui bouge.

— Donc, il ne s'est jamais rien passé avec Soraya ?

— Non, elle était trop timide, trop coincée.

— Je vois…

Mélanie se souvient que le médecin légiste a évoqué une probable virginité.

— Soraya connaissait votre garçonnière de Sainte-Lucie ?

— Olympe lui avait peut-être raconté des choses.

— Comme je vous l'ai dit, les parents de Soraya nous ont remis son journal intime. Les semaines qui précèdent sa mort, elle ne parle que de vous. Elle semblait avoir succombé à votre charme… Ce n'était donc qu'un amour platonique ?

— Un amour à sens unique en tout cas. Je ne la fréquentais pas et je n'étais pas attiré par elle. Les derniers temps, c'est vrai, elle me harcelait. Elle avait récupéré mon numéro de téléphone et m'envoyait sans arrêt des SMS. Elle voulait absolument sortir avec moi. Et puis, après la découverte du corps à Sainte-Lucie, elle a commencé à insinuer des choses sur Olympe et moi. Mais c'était flou. Alors je n'ai plus eu qu'une idée en tête : chercher à savoir ce qu'elle savait.

— Alors, vous avez eu l'idée du rendez-vous au Roc de Peyre ? On a retrouvé son scooter dans un fossé à proximité.

— C'est elle qui m'a fait cette proposition. J'y suis allé pour la sonder. Je voulais qu'elle me révèle des choses. J'avais pris mon chien dans ma camionnette pour le promener.

— Et que savait-elle au juste ? demande Mélanie, intriguée.

— Elle en savait suffisamment pour que j'ai envie de me débarrasser d'elle. Elle a fini par me révéler ses soupçons me concernant suite à la découverte du corps d'Olympe. Elle savait que je sortais avec elle. Olympe n'avait pas pu s'empêcher de lui faire des confidences. Soraya voulait savoir ce qui s'était passé entre nous deux le soir de sa disparition tout en me promettant de ne rien dire à personne. Elle prétendait nous avoir vus partir ensemble dans ma camionnette après avoir quitté la soirée. Et vous savez bien qu'on n'achète pas son silence à quelqu'un. Elle m'a fait comprendre que si j'acceptais de sortir avec elle, elle ne dirait rien à personne. Je savais que ça ne pourrait pas durer. Tôt ou tard, elle m'aurait dénoncé. Il suffisait que je sorte avec une autre fille ou que je la quitte. Et là, elle aurait tout balancé à la gendarmerie. Je ne pouvais pas prendre ce risque.

— Alors, vous avez décidé de vous débarrasser d'elle. C'est bien ça ? Vous avez récupéré votre chien-loup dans la camionnette et vous êtes allés vous promener dans la vallée. Arrivés au bord de la rivière, vous avez ordonné à votre molosse de l'attaquer.

Jérémi acquiesce d'un hochement de tête.

— Pourquoi avons-nous trouvé des poils et des excréments de loup à proximité de la victime ?

— Pendant que nous descendions le sentier menant à la rivière, nous avons aperçu un loup, répond Jérémi. Il nous a suivis de loin.

ÉPILOGUE

Septembre 2018

Jérémi Teyssandier va être jugé dans quelques mois pour les meurtres des trois lycéennes. Ses crimes ont complètement éclipsé l'affaire de l'effraction du parc des Loups du Gévaudan à laquelle il ne semble pas mêlé. Les polémiques sur le recensement des animaux ont cessé rapidement suite à son arrestation. À ce jour, les gendarmes ne savent toujours pas qui a fracturé la clôture du parc. L'action n'a jamais été revendiquée et aucun indice n'a été trouvé. Romain Lafont est maintenu dans ses fonctions de directeur du parc des Loups du Gévaudan. Et Samuel Hermabessière en demeure le responsable zootechnique. La rivalité entre les deux hommes persiste. Leurs relations tendent même à se détériorer depuis que Samuel est au courant de la liaison entre son responsable hiérarchique et sa voisine. Il comprend que ces deux-là ne sont pas près de quitter Sainte-Lucie. Il aurait bien acheté la maison de Faustine pour sa retraite car la maison qu'il occupe actuellement est un logement de fonction qui ne lui appartient pas.

Pierre Blanquet, le directeur général de SOGELOZ, est revenu à la charge pour faire une offre à Faustine. Celle-ci a décliné une nouvelle fois la proposition d'achat de sa maison.

Le loup de Mongolie qui avait réussi à s'échapper du parc n'a pas été retrouvé. Il rode probablement sur les monts de la Margeride où des éleveurs prétendent l'avoir aperçu. Ceux-ci l'accusent d'avoir attaqué plusieurs de leurs brebis.

Au début du mois, une vacancière qui séjournait dans un gîte de Sainte-Lucie a porté plainte contre Anthony Tichit pour viol. Celui-ci a été arrêté. Dans l'urgence, la société SOGELOZ a publié une annonce afin de trouver un successeur pour la gérance du restaurant du parc.

Faustine vit avec enthousiasme sa première saison touristique. Sa maison d'hôtes, le Domaine des loups, a affiché complet pendant toute la période estivale. Son expérience professionnelle dans le domaine de la communication lui sert tous les jours. Elle anime le site internet qu'elle a créé pour assurer la promotion de ses chambres d'hôtes. Des amis l'avaient prévenue : ouvrir un hébergement touristique, c'est s'imposer de travailler quand les autres partent en vacances et, par conséquent, se priver de vacances... Cependant, pour Faustine, accueillir des vacanciers, c'est aussi une forme de voyage si on veut bien prendre le temps d'échanger avec eux. La jeune femme vient de commencer l'écriture de son premier roman dont l'histoire est inspirée des meurtres des trois lycéennes de Marvejols.

Ce soir, Faustine et Romain sont assis sur le bord de la terrasse de la jeune femme, tournés vers la Vallée de l'Enfer, un verre à la main. Un petit vent leur caresse les cheveux, tandis que les premières étoiles s'allument dans le ciel. Les événements tragiques les ont rapprochés. Les traces laissées par le drame s'effacent peu à peu : le trou béant dans le jardin a été comblé et les rubans jaunes de la gendarmerie ont disparu. Mais la végétation ne s'est pas encore complètement rappropriée les lieux. Soudain, les amants sont surpris par les hurlements proches des loups du parc. Ils frissonnent et échangent un regard complice.

Table des matières